書下ろし

美の翳（かげり）

風烈廻り与力・青柳剣一郎㉝

小杉健治

祥伝社文庫

目次

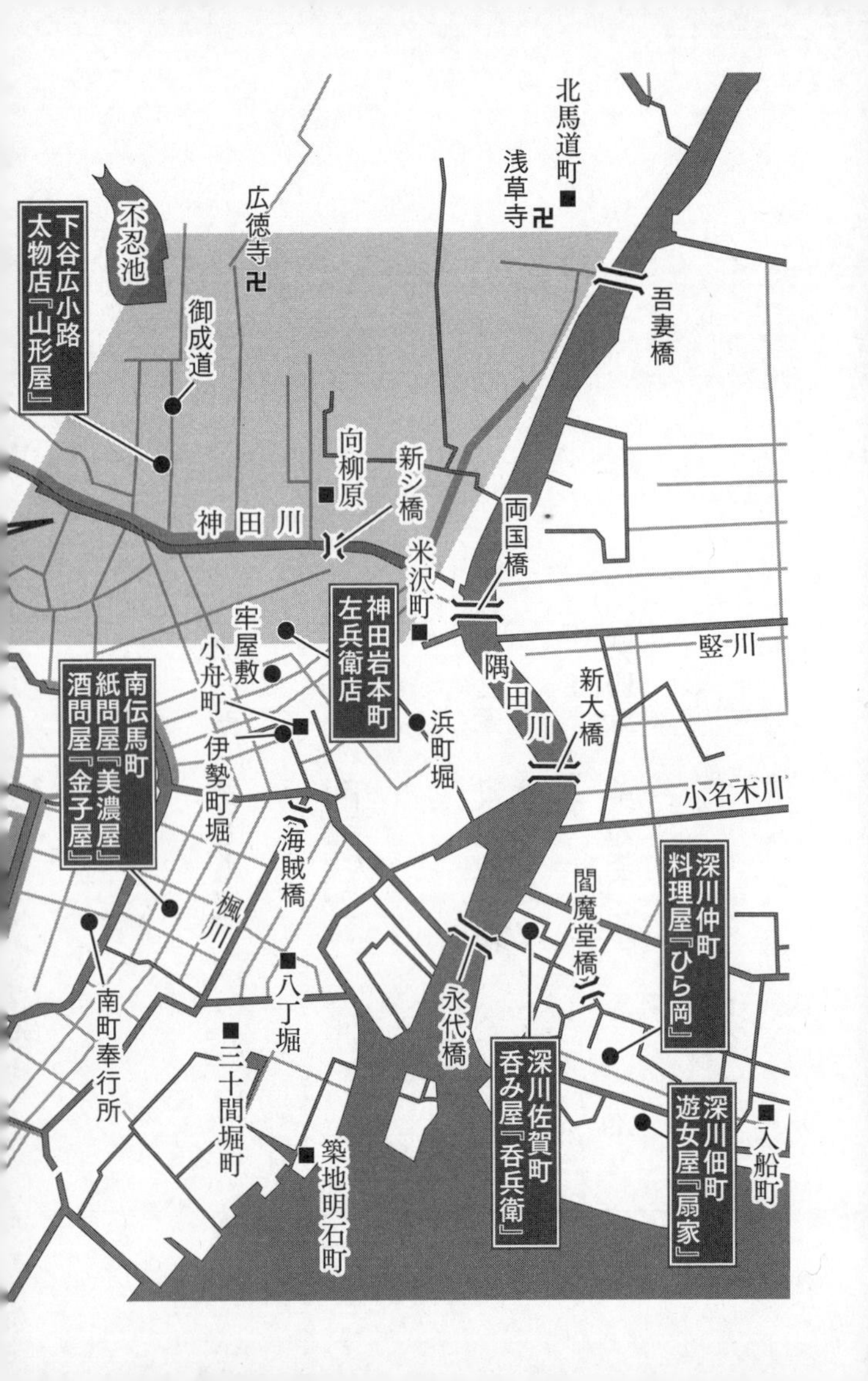
北馬道町
浅草寺
広徳寺
不忍池
下谷広小路
太物店『山形屋』
御成道
吾妻橋
向柳原
新シ橋
神田川
両国橋
米沢町
神田岩本町
左兵衛店
牢屋敷
小舟町
竪川
隅田川
新大橋
浜町堀
南伝馬町
紙問屋『美濃屋』
酒問屋『金子屋』
伊勢町堀
小名木川
海賊橋
楓川
閻魔堂橋
深川仲町
料理屋『ひら岡』
八丁堀
永代橋
南町奉行所
三十間堀町
深川佐賀町
呑み屋『呑兵衛』
深川佃町
遊女屋『扇家』
入船町
築地明石町

浅草界隈
上野山下
五条天神
不忍池
稲荷町
田原町
三味線堀
元鳥越町
御徒町
神田佐久間町
筋違橋
和泉橋
柳原通り
須田町
江戸城

北
西
東
南

「美の翳」の舞台

第一章　落とし主

一

下谷広小路（したやひろこうじ）にある太物店（ふとものだな）『山形屋（やまがたや）』の店先に何人もの行列が出来ていた。着物を求めにきた客ではない。

主人の善次郎（ぜんじろう）は店の隅で、今も商売と関わりのないことで、小ぎれいな身なりの年増と話していた。

「すると、あなたさまが忘れていったわけではないのですね」

善次郎はうんざりしてきく。

「そうなんです。私の姉が置き忘れたんです」

「さきほどのお話では、あなたさまがお忘れになったと仰（おつしや）っておいででしたが」

「あら、そう聞こえましたか。ほんとうは姉なんです」

「では、どうしてお姉さまがご自分でいらっしゃらないのですか」

「じつは、あのあと足を挫いて歩けないのです」

善次郎はため息をつくしかなかった。

三日前、その日の商いを終え、客が引き上げたあとに片づけをしていたとき、小僧が反物の下に隠れて袱紗包みが置いてあるのを見つけた。中に三十両が入っていたので、番頭の伊佐吉を通して善次郎に届けられた。

客の誰かが忘れたものに違いないが、その見当がつかなかった。包みが置いてあった場所から考えて、堅気とは思えない色っぽい若い女、それから武家の妻女、商家の内儀ふうの女などではないかと奉公人が口にした。

その中の誰とは決められないが、女の客だと思われた。だが、困ったことに、いずれも初見の客だった。

ただ、金といっしょに半紙が折り畳んであって、そこに「伊之助」と書いてあった。手掛かりはそれだけだった。

すぐに置き忘れに気づいて取りにくるだろうと待ったが、ふつか経っても誰も来なかった。

もしかしたら、ここで置き忘れたことに気づかなかったのかもしれない。そこで、善次郎は店の前に貼紙を出した。

七月二十日にお金を置き忘れなさったお客さま、当方で預かっております。そのような内容だった。

その貼紙が出た直後から夜にも拘わらず、私が落とし主だという者が立て続けに三人もやってきた。

いくら入っていましたかときいて、三十両と答えた者はいなかった。一両、五両といい、まさか三十両の高額とは思わなかったようだ。

善次郎は三人には丁重にお引き取りを願い、まだ並んでいた者には明日、改めて出直すようにと言った。

そして、今日になって、店先に十人ほどの男女が並んでいたのだ。

この女はおとなしそうな顔立ちで、最初は誠実そうな人柄に思えた。ところが、金額を訊ねると、答えられず、じつは姉に頼まれてやって来たと言い出したのだ。

「では、お姉さまに金額をお訊ねになり、また、ご自分のものであると確かめられるような手掛かりをきいてから、お越しください」

「だって、私の姉は歩けないんですよ。私だって忙しい身で、何度もここに来られないんですよ」

女は清楚な顔立ちを醜く歪めたので、善次郎はすっかりしらけ、

「わかりました。では、店の者をお姉さまのところまでごいっしょさせます。失礼ですが、あなたさまのお名前とお住まいを……」

「もういいわ。ちくしょう」

やって来たときのしおらしさをかなぐり捨てて、女は引き上げて行った。

善次郎はやりきれないようにため息をついてから、

「次のお方を呼んでおくれ」

と、小僧に言う。

「はい」

次に小僧が連れてきたのは、浪人ふうの侍だった。三十前後だろうか。人品いやしからぬ顔立ちだ。

「わしの連れ合いが、金を紛失したと泣いておってな。聞けば、『山形屋』に反物を見に行ったと申していた。それで、もしやと思って来てみた」

「そうでございましたか」

浪人は刀を腰から外して、右手に持ち替えている。礼儀を心得ているようなの

で、ひょっとしたらと期待した。

「で、お金はいくらでございましたか」

「うむ。十両、いや、五両だったか」

「金額以外に何か目印になるものが入っておりましたでしょうか」

「いや、聞いていない。なにしろ、金を失くしたと泣きじゃくるばかりでな。わしも焦って、詳しいことを聞かずにここにやって来てしまったのだ。早く持って帰って安心させてやりたい」

「申し訳ございません。奥さまに金額と目印のものをお聞きになって、もう一度、お越し願えませんか」

「なに、わしの話が信用出来ぬというのか」

浪人が気色ばんだ。

「いえ、決してそうではありません。表にはまだ、あんなにこの件で並んでおります。あの方たちも、おそらく自分が落としたと仰るでしょう」

「許せぬ。わしをあの者たちと同類に見おって」

浪人は刀を持ち替えた。

「お侍さま。落ち着いてください。奥さまに聞いてきた金額と目印がお預かりしているものと合えば、喜んでお渡しいたします」

奉公人や他の客の視線が浪人に集まっている。

「あいわかった。もう一度出直す」

いたたまれないように、浪人は出て行った。

二度と来ないであろう。善次郎は気を取り直して、次の人間を呼んだ。

今度は身なりも立派な年配の婦人だった。商家の内儀のようだ。

そのとき、番頭の伊佐吉がつかつかと近よってきて、

「あの日、お店にいらっしゃったお方です」

と、耳打ちした。

「わかった」

善次郎は笑みで婦人を迎えた。

静かに善次郎の前に立ち、

「本郷に住む、むらと申します。このたびはご面倒をおかけいたしました。私の不注意にて、お手を煩わせたこと、まずお詫びいたします」

と、深々と頭を下げた。

「いえ、とんでもない。さあ、お顔をお上げください」

ひょっとしたらこのお方かもしれないと思った。

「先日、はじめてこの店に寄せていただきました。あれやこれや反物を見ていて、どれにするか迷ってしまい、ついお金を膝に置いたまま忘れてしまったようです。帰ったあと、ないことに気づき、あわてて探しましたが見つからず、諦めかけていたところでした。お預かりいただいているとのこと、ほんとうにありがとうございました」

おむらは丁寧に話した。

「いえいえ。お金がないとわかったときには、さぞ驚かれたことでしょう」

「はい。全身から血の気が引いたようでございました」

「さようでございましょうな」

「では、いただいて帰りたいと思います」

「わかりました。その前に、念のためにお金はいくらでございましょうか」

「えっと、いくらでしたか……。私はいつも適当に持ち運ぶものですから」

善次郎はおやっと思った。怪しい匂いが漂ってきた。

「失礼ですが、他に何か、あなたさまのものだと示すものはございませんか」

「示すものでございますか。何か、入っていたのでしょうか。急いでいたんで、もしかしたら他のものといっしょに包んでしまったのかもしれません。どのようなものが入っておりましたか」

巧みにきいてきた。

「御札です」

善次郎はためすように嘘をついた。

「あっ、そうでしたか。御札がなかったので、どこに仕舞ったのかと思っていましたが、お金といっしょに入れておいたのを忘れていました」

「念のために、どこの御札でございましょうか」

「いくつか御札をいただいています。さて、どこだったかしら、ひょっとして成田のお不動さま……、いえ、神田明神でしたか」

「どうやら、あなたさまのものと違うようでございます」

「………」

おむらの顔つきが変わった。

「そんなはずはありません。じゃあ、どこですか」

「お伊勢さんです」

善次郎は気になることがあって、偽りを口にした。

「どうして、私のものだとわかっていただけませんか」

「はい。御札が違いますので」

「そう。わかりました」

最後は口許を歪めて引き上げた。

善次郎は吐息を漏らした。肩が凝ってきた。なんといい加減な連中なのだと、呆れ返ったものの、あとに並ぶひとの中にほんとうの持主がいるかもしれないと思い、気力を奮い起こして、次々と落とし主と称する者たちの相手をしていった。

こんなことをしていては、本業のほうに差し障る。次の落とし主で、あとは誰かに代わってもらおうと思った。

目の前に立ったのは二十五、六の色っぽい女だった。素人とは思えない。

「忘れて行ったのは私ですよ、旦那」

鼻にかかったような声で、女は言う。

「何か、証になるようなものはおありでしょうか」

「証になるかわからないけど、お金といっしょにお伊勢さんのお守りを入れてました」

「お伊勢さんのお守りですって」

善次郎は素っ頓狂(すっとんきょう)な声を上げた。

「ええ、お伊勢さんのお守りです。去年、お伊勢参りで、買ってきたんですよ」

「失礼ですが、それに間違いありませんか」

「ええ、ありません」

女はしたり顔で答えた。

「つかぬことをお伺いしますが、あなたはおむらというご婦人とは？」

「おむらって誰ですか。知りません」

女は少し狼狽(ろうばい)したように言う。

「そうですか。じつは、おむらさんにだけ、お伊勢さんのお守りの話をしたものですから、もしかして、おむらさんからお聞きになったのかと」

「違います。私が自分でお伊勢さんのお守りをお金といっしょにしておいたのですから」

「おむらさんとはお知り合いではないのですね」

「そうです」

「困りましたな」

善次郎はわざとらしく渋い顔をした。

「じつはお金といっしょにあったのはお伊勢さんのお守りではないんです」

「………」

「ですから、あなたさまのものとは違います」

「でも、お伊勢さんのお守りだと……」

あっと、途中で、女は口に手を当てた。

善次郎は冷やかな目で見つめ、

「きっと他のお店に置き忘れたのでしょう。どうぞ、お引き取りを」

女はいきなり袖を大きく翻らせて体の向きを変え、足早に戸口に向かった。

なんてことだと、善次郎はだんだん不愉快になってきた。みな、金欲しさの偽者だらけだ。

他の者にあとを任せようとしたが、海千山千の連中が乗り込んできたら、うまく騙されてしまうかもしれないと思うと、結局自分で対応するしかなかった。

そのあとも同じような連中が現われ、追い返すのに難渋した。

最後の男が引き上げたときにはもう昼近くになっていた。

善次郎は疲れ、反物を見に来た客への挨拶に出ていく気力さえなくなって、居間に引っ込んだ。

障子を開けたと同時に、庭からの涼しい風が部屋に入り込んできた。

「お疲れのようですね」

妻女のおひさがやって来て、

「お茶をいれさせましょうか」

と、きいた。

「うむ。たのむ」

おひさが手を叩き、女中を呼んだ。

「旦那さまにお茶を」

「はい」

女中が下がった。

「落とし主は見つからなかったんですね」

「ああ、十人以上がやって来たが、いなかった。そのことより、厚顔にも、みな自分のものだと言い張った。人間とは、ああもあさましいものなのかと、心が凍てつくようだ」

善次郎はまだ心が癒えない。

「まだ、貧しい者が食うためにごまかそうとするのは、いいとは言わないが、やむを得ないと思う。だが、現われた連中は、暮らしに困っているとは思えない。そんな人間がごまかそうと集まってきたことに、私は愕然とした」

「失礼します」

女中が茶を運んできた。

善次郎とおひさの前に置いてから下がった。

「さあ、お茶を飲んで気持ちを落ち着かせてください」

おひさが勧める。

善次郎は湯呑みに手を伸ばした。

善次郎は四十一歳。来年は本厄である。前厄の今年は川崎大師に厄払いに行ってきた。

「だんだん、ひとの心が荒んでいくようで、気が滅入る」

善次郎は一口茶をすってから呟く。

「おまえさん。最近、とくにそういうことが気になるようですね。昔はそんなんじゃなかったのに」

おひさが言う。

「そうだな。若いころは無我夢中でやって来たからな。最近、余裕が出来たから、今まで見えなかったものが見えてきたのかもしれない。なまじ見えなければ、こんなことで悩むこともなかったのだが」

また、茶をすする。

「うまくいかないものですね」

「ああ」

湯呑みを置いて、

「それより、おふゆのほうはどうなっている？」

おふゆはひとり娘で、十七歳になる。嫁に行く年齢になり、たくさんの話が持ち込まれている。まだ、本人はその気がなく、善次郎も候補に上がった男がどうも気に入らないのだ。

たとえば、神田佐久間町にある畳問屋『三室屋』の長男恭太郎は評判の美男子だが、善次郎はその性根が気に入らない。とにかくひとの悪口ばかり言う。聞いていて、気持ちのいいものではない。また、須田町にある瀬戸物問屋『備前屋』の長男安之助は頭が切れるが、ひとを小馬鹿にしすぎる。

他人から見れば、些細なことと思われるが、善次郎には気にかかるのだ。完璧な人間を求めているわけではない。ただ、ひとの悪口を言ったり、小馬鹿にしたり、そういう人間は他にももっと気に入らないものを併せ持つものだ。

噂では、恭太郎は嫉妬深いらしい。また、安之助は女好きだ。まだまだ、あるかもしれない。そう思うと、おふゆの婿にすることに二の足を踏むのだ。

「おまえさん。あんまり潔癖過ぎると、生きていくのがつらくなりますよ」

「うむ。わかっているのだが。それより、善吉にもそろそろ嫁をとらせるか」

長男の善吉は二十歳である。

「お千代さんを気に入っているようですよ」

「お千代？　ああ、『美濃屋』さんの……」

南伝馬町三丁目にある紙問屋のひとり娘だ。器量がいいので評判の娘だ。

「美濃屋さんが、善吉を気に入ってくれるだろうか」

娘のおふゆの相手を見るように、善次郎はつい美濃屋の立場から善吉を見てしまう。商家の格からいえば、ほぼ互角だが……。

「あれやこれや、頭がいたいものだ」

善次郎はつい弱音を吐いた。

「気晴らしに、植木市でも行きましょうか」

苦笑して、おひさが言う。

「そうだな。その前に、三十両の件をどうするかだ。落とし物として届け出るには、店の中で見つかったことだしな」

「青柳(あおやぎ)さまに相談したらどうですか」

思いついたように、おひさは目を輝かせた。

「青柳さま？ 青痣(あおあざ)与力の青柳さまか」

風烈廻り与力青柳剣一郎(けんいちろう)は庶民の味方として絶大なる信頼と人気を博している。風の強い日など、風烈廻り同心といっしょに自ら火事の警戒の見廻りをし、また大きな事件が起これば定町廻り同心に手を貸し、難事件を解決に導いてきた。

若かりし頃、押し込み犯の中に単身で乗りこみ、賊を全員退治した。そのとき頰に受けた傷が青痣として残った。その青痣は勇気と強さの象徴として人びとの間で語り継がれ、いつしか人は畏敬の念をもって、剣一郎を青痣与力と呼ぶようになった。

「こんなことで青柳さまに相談は出来ないだろう」

善次郎は首を横に振った。

「青柳さまご本人ではありませんよ。奥さまの多恵さまです」

「多恵さま？」

「多恵さまは青柳さまの留守を守り、与力の奥さまの役割だけでなく、いろんな方の相談に乗ってらっしゃるとのこと」

「ほう」

「多恵さまに相談に行ったらいかがでしょう。なんなら、私が行ってもよございます」

　おひさが笑った。

「ははん、さては」

　善次郎はおひさの肚の内を読んだ。

「おまえは多恵さまに会いたいのではないか」

「………」

　おひさから返事がない。

「どうやら図星のようだな」

「じつは、そうなんです。多恵さまって、青柳さまに負けないくらいに素晴らしいお方だそうです。お話を伺い、ぜひお会いしたいと思っていました。幸い、いいきっかけが出来たので」

おひさは恥じらうように俯いた。

「わかった。行って来なさい」

このさき、どうしてよいかわからなかったので、善次郎にとっても助かることだった。

二

翌日、朝餉をとり終わったあと、手代がやって来た。

「お駕籠が参りました」

「わかりました」

おひさが答える。

「気をつけてな。お金は落とさぬように」

善次郎は声をかける。

「だいじょうぶです。ちゃんと仕舞いました」

おひさはぽんと帯を叩いた。

「では、くれぐれもよしなにな」

「はい」

青柳剣一郎の妻女多恵に会うということで、おひさが軽く興奮を覚えているのがわかった。

おひさが出かけたあと、善次郎が店の奥で大福帳に目を通していると、番頭がばたばたと駆け込んできた。

「旦那さま」

「どうした？　泡を食ったように」

「三十両の落とし主だと言って、男の方がやってきました」

善次郎はうんざりして、

「そのことならおまえに任せたはず。うまく言って、お引き取りを願うんだ。無下に追い払って、あとで店に対してどんないやがらせをされるかもしれないからね」

今、おひさが青柳剣一郎の妻女多恵に会いに行っている。どういう話し合いになるかわからないので、まだ青柳さまを訪ねるようにとは言えなかった。

「それが、伊之助と名乗っています」

「伊之助だって」

三十両といっしょにあった半紙に書かれた名と同じだ。伊之助の名は、自分以外にはおひさと番頭しかしらない。

「ほんとうに伊之助と名乗ったのか」

善次郎は半信半疑できいた。

「はい。確かに」

「わかった」

善次郎は大福帳を閉じて立ち上がった。

店に行くと、客が何人もきていて、それぞれ反物を選んでいる。そして、隅に立っている男に目をやった。

「あのお方です」

番頭が耳打ちする。色白の細身の男だ。目は大きい。二十七、八だろう。

「お待たせいたしました。主の善次郎にございます」

「ご主人か。あっしは伊之助って言いやす。じつは三十両を置き忘れたのはあっしなんでえ」

「お金は三十両ですか」

「そう三十両だ。確か、俺の名を書いた紙切れがいっしょに入っていたと思うが？」

「はい。でも、どうして置き忘れたりしたのでしょうか」

「連れが着物が欲しいってんでいっしょに店に入ったが、時間がかかりそうなので、あっしは一足先に帰ることにしたんだ。そんとき、金を包みごと女に渡した。俺はてっきり受け取ったと思っていたが、女は反物に気をとられていて、俺の言うことを聞いていなかったんだ」

「なぜ、自分で持っていかなかったのですか」

善次郎は確かめた。

「じつは、あのあとひとと会うことになっていたんだ。だから持っていてもらおうと思った。きのう、女に預けてあるものを返してくれと言ったら、話がかみ合わなかった。それで、置き忘れたってことに気づいたんだ」

「さようでございましたか。わかりました。あのお金はあなたさまのものに間違いありません。すぐにでもお渡ししたいのですが」

善次郎は軽く頭を下げ、

「じつは、南町の青柳剣一郎さまの奥さまにお持ちしてしまいました」

「なんですって」

「はい。じつは、あわよくば、お金を手に入れようと邪な考えを持ったひとたちが、自分こそ持主だと言って十人以上も現われましてね。とても収拾がつかなくなり、やむなく青柳さまに相談に」

「さいですか」

伊之助は表情を曇らせたあとで、

「夕方、また参ります。それまで、お金をこちらに取り戻しておいてもらうわけには参りませんか」

「ええ。わかりました。夕方までに、こちらにお持ちしておきます」

「助かった。じゃあ」

伊之助は引き上げて行った。

「番頭さん。誰かを至急、八丁堀の青柳さまのお屋敷に向かわせておくれ」

善次郎は番頭の伊佐吉に命じた。

その頃、『山形屋』の妻女、おひさは八丁堀の青柳剣一郎の屋敷で、剣一郎の妻女多恵と客間で会っていた。

　おひさがまず驚いたのは、多恵の若さと美しさだった。自分と年齢はあまり変わらないはずなのに、はるかに若く見える。それでいて、やさしく包み込むような笑みと、犯しがたい気品のようなものがある。聡明さと美貌と若さ。すべてを持ち合わせているような多恵に、おひさはたちまち魂を奪われたようになった。

「突然、押しかけまして申し訳ございません」

　おひさが自分を紹介すると、多恵は目を輝かせた。

「まあ、『山形屋』さんの内儀さんですか。『山形屋』さんの反物はとても素晴らしいと聞いています」

　多恵は素直に感嘆の声を上げた。その自然な態度に、おひさはますます好意を覚え、

「ぜひ、一度、お越しください。奥様にお似合いのものがたくさん揃っております」

「はい。ぜひ、伺わせていただきます」

　おひさはゆっくりいろいろな話をしたかったが、控えの間に長屋のおかみさんふうの女や夜鷹ではないかと思えるような荒んだ感じの女が待っているので、多

恵を長い時間、独り占めすることは出来なかった。

「じつは私どものお店に三十両を置き忘れたお客さまがいらっしゃいました。誰だかわからないので、お金を預かっていることをお知らせするために、店の前に貼紙をしました。そうしましたら、自分が持主だと言って十数人のお方がやってきたのです。うちのひとも、これには閉口しまして……」

「ええ、よくわかります」

「相手の方もあれやこれやといろいろな事情を言ってきて、このままでは持主ではない者にお金を渡しかねないと、うちのひとも不安になって、一度青柳さまにご相談をと思ったのです」

「そうですか。それは、たいへんでしたね。皆さま、どこかでお金をなくされた方々ばかりなのでしょうが、中には不心得者もおりましょう」

多恵は頷(うなず)いてから、

「貼紙までするとは、山形屋さんのやさしい人柄が偲(しの)ばれます。ただ、手厳しいことを申し上げますが、山形屋さんにも軽い落ち度がございました」

「なんでしょうか」

おひさは身を乗り出した。

「貼紙にお金を預かっていると書いたことです。単に忘れ物を預かっているとしたら、やってきたひとはもっと少なかったでしょう」

「ああ」

「書くのであれば、お金を置き忘れた方は金額と他に自分のものだと証になるものを持参してくだされば、お金を渡しますとした方がよかったかと思います」

「そうですね」

おひさは納得したように頷いた。

「でも、そういう貼紙をしたことは、さっきも申しましたように、山形屋さんのやさしさを示していて、素晴らしいことです。忘れ物と関わりのないひとでも、きっとその貼紙を見て、ますますお店を信用するようになったのではないでしょうか」

「そうかもしれません」

多恵の言うことが、いちいち身に沁みた。

「十数名も三十両の落とし主ではないひとが現われ、その対応に心身ともに疲れてしまったことはお察ししますが、お店の評判を高めることになったのではありませんか。そう思えば、まったくお店に関わりないことで時間をとられてしまったと考えるより、お店の評判を高めるために必要な時間だったとおもったほうがよいでしょうね」

「なるほど、よくわかりました。私どもが間違っておりました。お金は持ち帰り、ほんとうの持主を待ちます」

「そうなさったほうがよろしいかと思います。ただ、中には、なぜお金を渡さないのだと脅(おど)しつける者がいるかもしれません。その場合には、青痣与力のところに預けてあると言ってください」

「わかりました。ありがとうございました」

おひさは昂(たかぶ)った気持ちで礼を言う。

「ただ、ちょっと気になることがございます」

多恵が形の好(よ)い眉(まゆ)を少し寄せた。

「はい」

「三十両が置き忘れられたときの様子です。三十両ものお金をどうして不用意に脇に置いたのでしょうか。それより、三十両ものお金を何のために持っていたのでしょうか」

「確かに、不思議でございます」

「持主が現われないわけが、そのことと関わっているのかもしれませんね」

「そのことと？」

「いえ。そのときの様子を知りもせず、勝手なことを申して失礼しました」

多恵は出しゃばったことを詫びた。

おひさは恐縮しながら、

「いろいろありがとうございました」

と礼を言い、その後、お互いの家庭のことを少し話し合った。

「多恵さま」

別れの挨拶をしたあと、おひさは思い切って口にした。

「たまには、会っていただいてもよろしいでしょうか」

「もちろんです。私もうれしいですよ」

多恵は美しく微笑(ほほえ)んだ。

おひさは青柳剣一郎の屋敷を出て、待たせてあった駕籠に乗り込んだ。

駕籠が出立する。供の手代が脇についてきた。

楓川(もみじがわ)にかかる海賊橋(かいぞくばし)を渡ったとき、向こうから走ってきた男が、

「内儀さん」

と、呼び止めた。

駕籠が止まった。店の手代が息を弾ませて顔を出した。

「どうしたんだね、何かあったのかえ」

おひさは訝しくきいた。

「旦那さまが、お金をそのまま持ち帰るようにと」

手代は事情を話した。

おひさが戻ってきた。

「お金は持ってきました。ほんとうの持主がわかったそうですね」

「そうなんだ。伊之助さんが取りにきた。夕方に、もう一度、見えるということだ」

善次郎は伊之助のことを話した。

「それはよございました」

おひさの声が弾んでいた。

「なんだかうれしそうだな」

「はい。多恵さまにお会いしました。もう、すっかり虜になりました」

「ほう、そんなに素晴らしいお方か」

「ええ」

おひさは、多恵とのやりとりを話して聞かせた。

「宣伝だと」

善次郎は驚いたように呟いた。

「そうか。そう仰ったか」

「何か」

「いや。多恵さまは、商売をされたらきっと相当な商人になられると思ってな」

「きっと、そうでございましょう」

おひさはまだ夢見心地で答えた。

すっかり魂を抜かれてしまったようだと、善次郎は呆れ返ると同時に、自分も一度多恵さまにお会いしたいものだと思った。

部屋の中も薄暗くなり、女中が行灯(あんどん)に火を入れた。店の板の間にある幾つかの行灯も灯(とも)った。

だが、まだ、伊之助は現われなかった。

上野寛永寺(うえのかんえいじ)の鐘が暮れ六つ（午後六時）を告げても、伊之助がやってくる気配はなかった。正面の大戸は閉まっても、潜り戸は開いている。

善次郎はしばらく店で待っていた。伊之助が帰ったあとで、貼紙を剝がしたので、もう新たな持主が現われる心配はなかった。

夕餉が終わり、五つ（午後八時）を過ぎた。店では小僧たちが手代たちの指導のもとに算盤の稽古をしている。

「旦那さま。今夜は来そうもありませんね」

番頭が言う。

「明日だろう。私は奥に行くから」

善次郎は居間に戻った。

なぜ、来ないのだろう。来られない事情でも出来たか。三十両の受け取りだ。何を差し置いても取りにくるのが自然ではないか。

善次郎は障子を開けて廊下に出る。さらに、雨戸を開けて庭下駄を履いた。暗い庭に、芙蓉の白い花が浮かんで見えた。

おひさから聞いた多恵さまの言葉が今になって気になった。三十両を置き忘れたときの様子に不審を持っていたらしい。

伊之助の話では、連れの女といっしょに店に入ったが、時間がかかりそうなの

で一足先に帰ることにした。その際に、金を女に預けたと。その女が忘れたとい
うことだが、善次郎は奉公人に確かめてみた。すると、誰も、伊之助を覚えてい
ないのだ。
男の客は目立つと思うが、伊之助に気づいた者はいない。伊之助は僅かな時間
しかいなかったろうから、奉公人の目に触れなかったのかもしれない。しかし、
それらしき男が店にいたこと自体、誰も知らないのだ。
もっとも、この疑問はとりたてて騒ぐことではないかもしれない。伊之助は三
十両という金額と伊之助と書かれた紙切れのことを知っていたのだ。
当人あるいは、その人間といっしょにいた者しか知らないことだ。だから、伊
之助が置き忘れたときの状況に何か嘘をついていたとしても、持主は伊之助と考
えておかしくない。
そのとき、おひさがやってきた。
「おまえさん」
しばらく外にいて、体が冷えてきたところだった。
「どうした？」
廊下に上がる。

「伊之助さんの使いがお金をとりにきたそうです」

「使い？」

善次郎は廊下を伝い、店に向かった。

店の中は暗く、帳場格子のそばの行灯だけが点いて、小僧たちがまだ算盤を弾いている。隅の暗がりに、男が立っていた。三十前後だろうか、やや大柄で、顔は暗くてよくわからないが、遊び人ふうの男だ。

「おまえさんですか。伊之助さんの代わりというのは？」

「へい。さいです。伊之助兄いはどうしてもこられねえ事情が出来て、あっしに代わりに行ってきてもらいたいと言うんです」

「お名前は？」

「島造です」

いかつい顔で、額が広く、目尻がつり上がっていることがわかった。

「失礼ですが、伊之助さんとはどのような間柄でございましょうか」

「兄弟分です」

「お金はいくらでしょうか」

「そんなこと、知らねえ」

急に言葉がぞんざいになった。

「お聞きにならなかったんでしょうか」

「ああ。ただ、急いでとってきてくれと頼まれただけなんだ。さあ、早いとこ、出してくれねえか」

「伊之助さんと兄弟分だという証はございましょうか」

「証だと？」

島造の顔つきが変わった。

「つまり、俺を疑っているんだな」

「そういうわけではございません。でも、伊之助さんはご自分でとりにくるから、自分以外の者が代わりだといってきても絶対に渡さないようにと仰っておいででした」

善次郎は嘘をついた。

「そういうわけですから、ほんとうに伊之助さんに頼まれたかどうか、その証がないとお渡しすることは出来ません」

「その証を持ってくれば、渡すんだな」

「はい」

「わかった。じゃあ、出直すことにしよう」

「もう今夜は遅うございます。明日、おいでくださいまし」

「わかった」

島造は潜り戸から出て行った。

善次郎はまた不快な気分になりかかったが、それ以上に、伊之助に何かあったんだろうかと気になった。

もし、代わりを頼むなら、伊之助は金額も伝えたはずだ。さらに、伊之助との関わりを示すものを用意させたに違いない。

明日、また島造がきたらどうするか、善次郎は考え込んだ。

翌朝、店を開けたと同時に、島造がやってきた。

「昨夜はすまなかった」

島造は殊勝な態度だった。明るいところで見ると、やはり額が広く、目尻がつり上がっていたが、色は浅黒く、精悍な感じだった。きっと、遊び人だろう。

「伊之助兄いから聞いてきた。どうして、詳しい話を教えなかったんだと怒ったら、おめえが最後まで聞かずに出かけてしまったんだと言いやがったぜ」

島造は弁明してから、

「伊之助兄いが言うには金は三十両。伊之助という名が書いてある紙切れをいっしょに包んであったそうだ」

どうやら、間違いなさそうだ。

「伊之助兄いとの仲を示すのがなかなか難しい。伊之助兄いが自分でこられればよかったんだが……」

「いえ、結構でございます」

善次郎は口をはさんだ。

「いいのか」

「はい。ただ、伊之助さんがどうして自分で来ることが出来ないのか、その理由だけでも教えていただけると助かりますが」

「もっともだ」

島造は顔をしかめ、

「じつは、伊之助兄いはやくざ者に絡まれていた娘を助けようとして匕首(あいくち)で太股(ふともも)を刺されてしまったんだ」

「刺された？」

「いや、命には別状はねえ」

「そうですか。では、少々お待ちください」

善次郎は居間に袱紗包みをとりに行き、島造のところに戻った。

「恐れ入りますが、受け取りをお書きねがえますか。あとで、伊之助さんがとりにきたら、私どもも困りますから」

「そんなことはねえが、受け取りは必要だろうな。わかった」

そう言い、善次郎が用意した受け取りに、島造は名と住まいを記した。住まいは、神田岩本町（いわもとちょう）の左兵衛店（さへえだな）とあった。

「じゃあ、確かに」

島造は三十両を包んだ袱紗包みを持って引き上げて行った。

善次郎はなんとなく釈然としなかった。島造が伊之助の代わりに受け取りに来たのはほんとうかもしれない。善次郎がひっかかるのは、やはり三十両を置き忘れたときの様子だ。多恵さまが言ったように、なぜ三十両の金を持っていたのか。

そんな大金を持って、『山形屋』に来る必要はない。仮に気に入った品物があり、買うと決めても即座に支払わずともよい。

それなのに、なぜ、大金を持ってきたのか。

伊之助の話では、金は伊之助が持っていたらしい。それを、女に渡した。どうも、この説明は妙だ。

ふと店先に編笠の侍が立った。笠をとり、土間に入って来た。左頬の痣に気づいて、善次郎はあっと声を上げた。思わず立ち上がって茫然と呟いた。

「青痣与力」

南町与力の青柳剣一郎だった。

善次郎に気づき、剣一郎がそばにやってきた。

「青柳さま」

善次郎は腰を下ろして迎えた。

「善次郎か。家内から聞いた。三十両の件だ。いかがした?」

「はい。持主が現われ、ついさっきお金をお渡しいたしました。これが、男に書いてもらった受け取りです」

善次郎は受け取りを見せた。

剣一郎は手にとって、

「島造か。住まいは神田岩本町の左兵衛店か」

と、呟く。

「お金を渡した経緯(いきさつ)を聞かせてもらいたい」

「はい。どうぞ、お上がりください」

「いや、商売の邪魔にならなければ、ここでよい」

「わかりました」

善次郎は伊之助がやってきたことからはじめ、夕方にまた来ると言っていたが、五つ過ぎになって、島造がやってきた。そのときは金額がわからず、今朝改めてきてもらったところ、伊之助から聞いたと言い、三十両と伊之助と記された紙切れのことを口にしたので、信用して金を渡したと話した。

「なるほど。三十両と伊之助と記された紙切れのことを知っていたとしたら信じざるを得まいな」

お金を渡したことに、剣一郎は理解を示した。

「しかし、なぜ、伊之助が来なかったのか、そのわけを何か言っていたか」

「はい。伊之助さんはやくざ者に絡まれていた娘を助けようとして匕首で太股を刺されてしまって動けないので頼まれてやって来たと、島造さんは仰っていました」

「ほう……」

「どこか作り話めいているような気がしましたが、そうだと決めつける根拠は何もありませんので」

「ところで、三十両を置き忘れたのは伊之助なのか」

「それがですね」

反物を見ている女に託した金を、その女が置き忘れたと伊之助が説明したと話す。

「もともとは伊之助が持っていたのか」

「はい」

「伊之助はどんな感じの男だ？」

「二十七、八の色白の細身の男で、大きな目をしていました」

「島造は？」

「年は三十前後、どちらかというと大柄で、いかつい顔をしていました。額が広く、目尻がつり上がっていました」

「よくわかった。少し、調べてみよう」

「あの、お金を渡さないほうがよかったのでしょうか」

「いや、ほんとうの持主が現われたのだ。渡すのは当然だ」

剣一郎は何の心配もいらないと付け加えた。

「安心しました」

そう応じてから、善次郎はつい腹にすえかねていることを口にした。

「お金の置き忘れを貼紙で知らせたら、十数人もの偽者が現われ、堂々と自分が置き忘れたと名乗ってきました。その浅ましさに、私はほとほと嫌気が差しました」

「わかる。人間のいやな部分を見せつけられるのは気分のいいものではない。だが、そういう人間はほんの一握りだ」

「そうでございましょうか。あんな人間を十人以上も続けて相手にしていると、だんだん人間不信に陥るようでございます」

「そうだな」

「あっ、申し訳ございません。つまらない愚痴をお聞かせいたしました」

「いや、つまらない愚痴ではない。もっとも大切な根本の問題だ」

剣一郎は真顔で答えた。

「ありがとうございます」

やり場のない怒りがわかってもらえて、善次郎は胸のつかえがおりたような気がした。

引き上げて行く剣一郎の背中を、善次郎はずっと見送った。

三

剣一郎は『山形屋』を出てから、御成道（おなりみち）を神田川のほうに向かった。

やはり、三十両を置き忘れたことが気になる。伊之助が話した内容もどこか不自然だ。さらに、伊之助がとりにきたのに、あとで島造がやってきたことも腑（ふ）に落ちない。

筋違橋（すじかいばし）を渡り、柳原（やなぎわら）通りから神田岩本町にやって来た。

左兵衛店はすぐにわかった。木戸に入り、とば口の家から出てきた女房に、

「この長屋に島造という男は住んでいるか」

と言って、剣一郎は笠をとった。

「いえ、島造っていうひとはいませんよ」

女房はあわてて畏（かしこ）まって否定した。

「三十前後。大柄なほうで、いかつい顔をしている。額が広く、目尻がつり上が

っているようだ。そんな男はいないか」

「いません」

「伊之助という男もいないか」

「はい。ここは職人が多く住んでます。私の宿六、いえ亭主は左官屋です」

「では、ここの住人の誰かに、島造が訪ねてくるようなことはないか」

「さあ」

そこに向かいから肥えた女が出てきた。

その女が剣一郎に気づいて、軽く頭を下げた。

「およよさん。この長屋に島造という三十前後の男が訪ねてくるかどうか知らないかえ」

「島造ですか。いえ」

おとよも顔を横に振った。

「そうか」

「大家さんにきいてみたら、どうですか。うちの大家さんは、店子のことならなんでも知っていますから」

「そうしよう。大家の家はどこだ？」

「呼んできます」

おとよは肥えた体を機敏に動かして木戸の横にある家の裏口を開けた。

「大家さん。いらっしゃいますか」

おとよが大きな声で呼ぶ。

しばらくして、痩せて貧相な感じの男が出てきた。

「やっ、青痣与力……」

大家はあわてて口を押さえる。

「大家さん。この長屋に島造というひとが誰かを訪ねてやってきているかどうか知らないかえ」

大家は外に出てきて、剣一郎に頭を下げてから、

「いや、そんな名前は聞いたことはありません」

と、答えた。

「やはり、関わりはないか」

「いったい、何のお調べでございましょうか」

「島造の住まいが神田岩本町の左兵衛店だと聞いてやってきたのだ。どうやら、嘘だったようだが、島造の知り合いがこの長屋にいるので、左兵衛店の名前を出

したとも考えられるのでな」

「そうですか」

大家は首を傾げてから、

「店子には職人が多いですから、仕事先での知り合いかもしれません。夕方にみんなが帰ってきたときに、きいてみます」

「そうしてもらえるか。また、明日にでもやってくる」

「はい。いったい、島造という男は何をやらかしたのでしょうか」

大家が心配そうな顔できいた。

「なにもしていない。事件に関わっているわけではない」

「そうですか。それをお聞きして安心しました。何かしでかした男とうちの店子が知り合いだとしたら、困ることにもなりかねませんので」

「その心配はない」

「わかりました。では、みなにきいておきます」

「頼んだ」

剣一郎は木戸を出てから編笠をかぶって柳原通りのほうに足を向けた。もう一度、『山形屋』に行き、島造が書き残した受け取りの中味は偽りだったと知らせようとした。

　ゆうべ、多恵が夕餉のあとで、

「昼前に、下谷広小路にある太物商『山形屋』のおひさという内儀がやってきました」

　と切り出し、三十両の一件を話したのだ。

　多恵は以前より、いろいろな人間の相談に乗ってあげている。小禄の武士の妻女もいれば、商家の内儀、娘、長屋の女房から芸人までと、幅広い。

相談事によっては、多恵は忠告するだけではない。凶悪な何かが隠されているような話は、剣一郎に伝える。

『山形屋』の件もそうだ。多恵は、やはり三十両を置き忘れたことに引っ掛かり、三十両が何かの事件に関わっているのではないかという心配をし、剣一郎に話したのである。

　ちょうど非番でもあり、事情をきいてみようとして『山形屋』に足を向けたのだが、やはり、何かありそうな感じがした。

　柳原通りに出て筋違橋のほうに歩きだしたとき、柳原の土手のほうからひとの騒ぎ声が聞こえた。

剣一郎はその騒ぎのほうに足を向けた。

土手に上がると、和泉橋(いずみばし)の近くに定町廻り同心の植村京之進(うえむらきょうのしん)の姿を見た。京之進が出張ってきたのは、ひとが死んでいたからだと思った。

剣一郎は人だかりのところにやって来た。柳の木の横に、男が倒れていた。

剣一郎は笠を外してひとをかき分けて前に出た。

「青柳さま」

京之進が気づいて近寄った。

「殺しか」

「はい。最後は匕首で心ノ臓を突き刺したあと、抉ったようです」

「抉る？」

「はい。すぐ引き抜かず、刃先をまわしています」

「ホトケの身許は？」

「掏摸(すり)の春次(はるじ)です」

「掏摸……」

「狙(ねら)った相手に殺されたのかもしれません」

「ホトケを見せてもらおう」

「はい」

剣一郎は亡骸（なきがら）のそばにしゃがんで合掌した。

莚（むしろ）をめくると、唇は切れ、顔は腫（は）れていた。着物もあちこち切れていて、激しい暴行を受けた形跡があった。

その上で、匕首で止めを刺している。京之進の言うように、心ノ臓に突き刺し、抉られた傷口は広く、深かった。息の根を止めるには刺しただけでも十分だ。おそらく、刺した男の癖なのかもしれない。

「殺されたのは昨夜だな」

「はい。さっきまで亡骸が発見されなかったのは草木の中にうまく隠されていたからです。橋の上からでは見えません」

「春次のことはある程度、わかっているのだな」

「はい。目をつけていた掏摸のひとりでした。かなり腕のよい掏摸で、なかなか尻尾をつかませなかった男です」

「そうか」

剣一郎はおやっと思って、今度は立ち上がり、反対側から角度を変えて見た。顔には痣があるが、色白だ。細身である。目を閉じているのでわからないが、山形屋善次郎が話していた伊之助の特徴に合致する。もちろん、この手の特徴を持つ男はたくさんいるかもしれないが、伊之助は二度と『山形屋』に現われず、代わりに島造がやって来たのだ。

なぜ、伊之助が『山形屋』に行くことが出来なかったのか。島造の説明では、やくざ者に絡まれていた娘を助けようとして匕首で太股を刺されたということだった。それを聞いたとき、剣一郎も善次郎と同様に作り話めいていると思ったものだ。

気になったら、まず確かめる。剣一郎は京之進に声をかけた。

「京之進。すまぬが、誰かを下谷広小路の『山形屋』まで走らせてくれぬか。主人の善次郎を呼んできてもらいたい」

「わかりました」

京之進はわけを訊ねる前に手下に命じた。

奉行所内に剣一郎に心酔している者はたくさんいるが、中でも京之進はその筆頭だ。

手下が駆けて行くのを見送ってから、京之進は剣一郎の前に戻り、改めてきいた。

「なにかございましたか」

「まだはっきりしたわけではない。この男、『山形屋』に現われた男に似ているようなので、念のために確かめたいのだ」

剣一郎は経緯を話した。

「そのようなことが……。ひょっとして、春次はその金を」

「ありうるな」

春次は掏摸だ。三十両は誰かから掏摸盗ったものとも考えられた。

四半刻（三十分）以上経って、山形屋善次郎がやって来た。剣一郎は橋の袂で迎えた。急いでやって来たらしく、肩で息をしていた。

「すまなかった」

「いえ。でも、何をすればよいので」

不審顔で、善次郎がきいた。

「すまぬが、このホトケの顔を見てもらいたい」

「えっ。ホトケ？」

一瞬、善次郎は臆したようになった。

「こっちだ」

京之進が善次郎を促した。

「は、はい」

善次郎はあわてて京之進のあとに従った。

ホトケの前で、善次郎は手を合わせた。

「顔を見てもらいたい」

京之進が言い、莚をめくった。

おそるおそる善次郎はホトケの顔を覗き込む。いったん、顔をそむけたものの、すぐにまた見直した。

「あっ、このひとは……」

「誰だ？」

剣一郎は訊ねる。

「はい。伊之助さんです」

「間違いないか」

「はい。顔が違って見えましたが、よく見れば、そっくりです。伊之助さんです」

「三十両をとりにきた男だな」

「はい。どうして、こんなことに」

善次郎が青ざめた顔できく。

「わからぬ」

剣一郎は厳しい顔で言ってから、

「それから、この男のほんとうの名は伊之助ではない。春次という掏摸だ」

「掏摸？」

善次郎はききかえしてから、

「島造さんは？　あのひとなら、何か知っているんじゃありませんか」

「受け取りに書かれた住まいに、島造は住んでいなかった」

「えっ、いない……」

善次郎は生唾(なまつば)を呑み込んだ。

「私に落ち度があったのでしょうか。お金を渡さなければよかったのでしょうか」

「いや。そなたは間違ったことをしておらぬ。何も気に病むことはない」

混乱する善次郎に、剣一郎は安心させるように言う。

「そうですか……」

「ご苦労だった。あとは我らに任せてもらおう。島造のことで、またききにいくかもしれぬ」

「はい。わかりました」

善次郎は悄然として引き上げて行った。

剣一郎は改めて、春次の一連の動きを考えた。要は、春次が掏摸であるということだ。

春次は下谷広小路の人ごみの中で、何者かから袱紗包みを掏摸盗った。だが、掏られたほうは重みのある袖が急に軽くなったので異変にすぐ気づいた。

あわてて、春次を追った。追われた春次はとっさに頭を働かせ、前方からやって来た女にぶつかり、女は手にしていた風呂敷包みを落とした。謝りながら拾ってやった隙に包みを風呂敷の中に押し込んだ。

その後、女が『山形屋』に入っていったのを見届けたとき、相手が追い付いた。そこで、問い詰められたが、何も持っていないので相手もそれ以上に追及は出来なかった。

春次は『山形屋』の前で女が出て来るのを待った。そして、出て来た女に声をかけて金を回収しようとしたが、何らかの理由で女を見失ったのかもしれない。

翌日になって周辺を探し回り、やっと女を見つけた。だが、女は袱紗包みを持っていなかった。

すると、『山形屋』に金の置き忘れを知らせる貼紙が出ていることを知り、自分が金の持主だといって名乗り出た……。

いや、待てよ。剣一郎は踏みとどまった。春次は袱紗包みの中を見ていたのだ。だから、三十両と伊之助と記された半紙がいっしょに入っていたことを知っていたのだ。

掏摸盗ったあと、逃げる途中で金を女の風呂敷包みに隠したわけではない。春次は中を見る余裕があったのだ。

つまり、春次はいったん逃げきり、どこかで落ち着いて袱紗包みの中を調べたに違いない。

そのあとで、女の風呂敷包みに隠したのだ。水茶屋か。

たとえば、女は水茶屋の腰掛に座り、脇に風呂敷包みを置いて休んでいた。そこに、春次が来て中味を調べ終えたあと、男たちがやって来た。追手だととっさに判断した春次は女の風呂敷包みに袱紗包みを隠した……。

「京之進。わしは、春次が『山形屋』に現われるまでの動きを調べてみる」

剣一郎は言い、その場を離れた。

剣一郎は下谷広小路に向かった。春次が掏摸を働いたのが下谷広小路だと考えたのは、そこに『山形屋』があるからだ。

下谷広小路の周辺で水茶屋があるとすれば湯島天神、神田明神だが、そこより近いとなれば、上野山下に五条天神がある。

『山形屋』の前を素通りし、剣一郎は三橋を渡って上野山下にやって来た。行き交うひとは多く、この周辺で掏摸を働いた春次は、五条天神までやって来たのではないか。

五条天神の参道に並ぶ水茶屋にもたくさんの客が入っている。この店が立て込んでいる時間に、訊ねても満足に答えてくれそうにもなかった。

剣一郎には手足となって働いてくれる文七という男がいる。多恵の腹違いの弟と思っているが、深く詮索したことはない。

調べを文七に頼もうと思いながら、剣一郎はとば口にある丸太組に葦簾張りの水茶屋に入った。赤い前掛けにたすき掛けの若い女が三人いて、縁台にふたりの男の客がいた。

「ちと訊ねたい」

笠を外して、剣一郎は中でも年嵩の女に声をかけた。二十三、四だろうか。切れ長の目をした男好きする顔の女だった。

「まあ、青柳さまでいらっしゃいますね」

女は驚いたように言う。

「うむ。今、いいか」

「はい」

「五日前、ここに二十七、八歳の色白で細身の、目の大きな男がやってきたかどうか覚えていないか」

「………」

「まあ、それだけでは漠然とし過ぎているが」

「まさか、春次さんのことではありませんか」

「なに、春次を知っているのか」

「はい。よく、ここにやって来ます」

「なるほど、お目当ての女がいるのか。ひょっとして、そなたか」

剣一郎は確かめる。

「いいえ、お目当ての娘は何人もいるようですから」

女は微(かす)かに笑った。

「で、五日前、春次はここに来たのか」

「はい」

「そのとき、店は立て込んでいたのか」

「縁台はいっぱいでした」

「女の客もいたろうな」

「はい」

女は不思議そうな顔で答える。

「春次が座ったのがどの辺りか覚えているか」

「向こうの一番奥です」

「その傍に女の客がいたと思うが、覚えていないか」

「いえ、お顔までは」

女は首を横に振った。

「どうしてその日の春次のことを覚えていたんだ?」

「はい。私が甘酒を運んでいったら、銭を置いて、呑まずに出て行ってしまったんです」

「どうしてだ？」

「ちょうど、そのとき、遊び人風の男が参道に入ってきたんです。なんだか、その男達から逃げ出すような様子でした」

「なるほど」

掏られた男の仲間が追って来たのだろう。春次はそれであわててそばにあった風呂敷包みに金を押し込んだのだ。

「遊び人風の男の人相を覚えているか」

「はい。大柄で、いかつい顔でした。額が広く、目尻がつり上がっていたようです」

島造に特徴が似ている。

「よく、その男を見ていたな」

「その男、春次さんを追いかけたあと、しばらくして戻ってきて、私にさっきの男は誰だときいてきたんです」

「そうか。では、正面から顔を見たわけだな。で、答えたのか」

「はい。春次さんだと」

「春次の住まいは？」

「きかれましたけど、私も知りませんから」

「で、その男はそのまま黙って引き上げたのか」

「はい。あの、春次さんに何か」

「じつは、さっき和泉橋の近くで死体で見つかった」

「今、なんと？」

言葉が理解出来なかったように、女はきき返した。

「春次は死んだ。殺された」

「えっ」

女は息を呑んだ。

「あとで、同心が話をききに来るかもしれない。そのとき、詳しく聞くがよい」

剣一郎は驚いている女に礼を言って、水茶屋から引き上げた。

自分の想像が外れていなかったことが確かめられたが、それ以上のことはわからなかった。

その夜、剣一郎は多恵にことの顛末（てんまつ）を話した。

話を聞き終え、多恵は深くため息をついた。

「三十両に何か因縁があるように思いましたが、まさか、ひと殺しまで起こるとは……。こちらで預かったほうがよかったのでしょうか」

「いや。何日も落とし主が現われなければ奉行所で預かることにもなろうが、置き忘れて日が浅いのに、一介の与力がそのようなものを預かるわけにはいかない」

そなたの措置に間違いはないと、剣一郎は言う。

そのとき、女中が京之進がやってきたことを告げた。

「ここに通せ」

「はい」

女中が下がった。

「では、私も」

と、多恵も引き上げた。

京之進が入って来た。

「ごくろう。その後、何かわかったか」

あのあと、五条天神境内（けいだい）にある水茶屋に京之進が出向き、女の客のことも調べた。

「わかりました。女は不忍池(しのばずのいけ)の辺(ほとり)にある鰻(うなぎ)屋の内儀で、五条天神の水茶屋に寄り、それから『山形屋』に行ったそうです」

「そうか。よく、見つかったな」

「はい。たまたま居合わせた常連客の男が、それなら鰻屋の内儀だと口をはさんでくれたのです。それで、内儀に会ってきたのですが、内儀は風呂敷にそんなものが入れられたとはまったく知らずに、『山形屋』で風呂敷を脇に置き、反物を夢中で見ていたといい、今から思えば、途中、風呂敷を結び直したことがあったそうです。反物を見ながらだったので、そのときに袱紗包みが落ちたのかもしれないと言ってました」

　京之進は膝を進め、

「四日後、預けてあるものを返してくれと、春次という男が訪ねてきたそうです。春次は内儀を探しまわり、やっと内儀を見つけたようです。最初は話がかみ合わなかったのですが、だんだん事情が呑み込めてきた。それで、『山形屋』に落としたのかもしれないと言ったそうです」

「なるほど。それで説明がつく」

　だが、わかったのは、春次が『山形屋』に現われた経緯だけだ。その金がどういう類のもので、春次は誰から掏摸盗ったのか、そして、半紙に書かれた伊之助とは何者か、という謎は残されたままだ。

おそらく、春次は金の持主に殺されたのだろう。あの金にどのような秘密が隠されているのか。

「半紙に書かれた伊之助の文字が気になる」

剣一郎は懸念を口にした。

「お金の持主が自分の名を書いておくことはないでしょうから、伊之助という男に渡る金だったのでは？」

「そうかもしれぬ。だが……」

と、剣一郎はふと疑問を持った。

「善次郎の話では、半紙に伊之助という名前だけが書いてあったそうだが、半紙のどの位置に名が書いてあったのか」

「と、申しますと？」

「名前だけ書いてあるのは不自然だ。空白ばかりが目立つ。他にも何か書いてあったのではないか。いや、書いてあれば善次郎が見逃すはずはない。だから、ひょっとすると、あぶり出しになっていたか」

「あぶり出しですって」

酒やみかんの汁、あるいは蠟燭(ろうそく)などで文字を書き、あとで火であぶって文字を浮かび上がらせる遊びが巷(ちまた)で流行(はや)っている。

「名前だけではどこの伊之助かわからぬ。あぶり出しの文字には、伊之助の住まいが書かれていたのかもしれぬ。あるいは、何かの指示も書かれたとしたら……」

「何が考えられましょうか。まさか」

「殺しの依頼でしょうか」

京之進が厳しい顔で身を乗り出した。

「うむ。ともかく、あぶり出しであれば、半紙はごわついていたり、少し紙に皺(しわ)がよっていたり、何か違うところがあるだろう。山形屋にまず、そのことを確かめてもらいたい」

「わかりました」

「仮に、あぶり出しだとしても、伊之助の正体がわかったわけではない。江戸に、伊之助という名の男が何人いようか。わからぬ。ともかく、伊之助という名と、島造と名乗った男の特徴を探索の者たちに伝えるのだ」

「はい」

今後の手筈を話し合ってから、京之進は引き上げた。

代わりに伜剣之助がやってきた。

剣一郎が現役で頑張っているので、剣之助はまだ見習いではあるが、今は吟味与力橋尾左門の補佐をしている。

「父上」

剣之助は前に座り、

「面白いものを預かってきましたので、これをご覧ください」

と、一枚の絵を差し出した。下絵だ。

お白州の場面のようだ。座敷にいるお奉行の顔が醜く歪み、背後の襖の絵は枯れ木で、枝に蛇が、辺りには白骨が散らばっている。

「これは？」

「春川清州の下絵です」

「確か、清州は手鎖の刑で謹慎になった絵師だな」

「はい。刑から解き放たれたあと、これを描いたようです。お白州をからかっているのではないかということで、ご政道批判に当たるとして検閲に引っかかったものです。お白州の場面なので左門さまが預かり、私に見せてくれました」

「なるほど。これは春川清州のおかみに対する抗議かもしれぬな。はじめから引っかかることを承知して、わざわざ下絵を出してきたのだ」

「そうですね。やはり、清州は手鎖の刑に納得していないのでしょうか」

「そうであろう。でも、面白い絵だ」

「左門さまも、そう仰ってました」

「一度、清州に会ってみたいものだ」

「なかなか、偏屈な男のようです」

「そうか」

三十両の件が片づいたら、会ってみようと思った。

四

朝早くに、南町定町廻り同心の植村京之進がやってきた。

まだ開店前の店の土間で、善次郎は京之進から意外な質問を受けた。

「あぶり出しですって」

善次郎はそこまで思い至らなかった。

「紙がごわごわしていたとか、少し汚れがあったとか、何か気づかなかったか」

「確かに、新品の半紙ではありませんでした。それから、四つ折りの正面に名前が書いてあって、広げたら空白ばかり。そういえば、白い紙がところどころ、こわばっていたようでした」

善次郎は思いだした。

「そうです。あれは何か塗ってあったからに違いありません」

「そうか。よく思いだしてくれた」

「あぶり出しだとしたら、何が書いてあったんでしょうか」

「まだ、わからない」

「伊之助と名乗った男が殺されたことと何か関わりがあるのでしょうか」

「それも、これからだ」

まだ何もわかっていないと言って、京之進は引き上げた。

それからしばらく、善次郎は居間に閉じこもった。

「おまえさん、どうしたっていうんですか。さっきから、ずっと塞ぎ込んでいるじゃありませんか」

おひさがやって来て声をかけた。

「うむ。いやな結果になって、後味が悪いんだ」

伊之助と名乗った男が殺され、代わりに金をとりに来た島造の住まいは出鱈目だった。おまけに、半紙はあぶり出しで、秘密が隠されている。

「でも、おまえさんが悪いわけではないんですから。青柳さまもそう仰ったのでしょう」

「うむ。そんなんじゃない」

善次郎は島造という男に金を渡してしまったことが悔しくてならなかった。自分を騙した男に腹が立ってならない。

伊之助がもう一度とりに来ると言っていたのだから、それを信じて待つべきだったのか。いや、そのときには伊之助はすでに死んでいたのだ。そればかりか、伊之助の名も偽っていた。

どいつもこいつも嘘つきだと、善次郎の腸は煮えくり返った。人間のあさましさを見せつけられると、善次郎は不愉快になる。

なぜ、ひとはこうも醜いのだと、やりきれなくなる。

「おまえさん、文太郎さんが来ているんですよ」

「なに、文太郎が？」

善次郎は顔をしかめた。

よりによってこんな気持ちのときにやってきやがったと、舌打ちしたくなった。

「通せ」

文太郎は亡き兄の子だ。善次郎には甥にあたる。

やむなく、そうするしかなかった。

すぐに文太郎がやって来た。二十二歳になるが、まだ性根の据わらない男だ。

だが、甥だから、無下に出来ない。

「文太郎。久し振りだな」

「はい。叔父さんもお変わりなく」

「まあな」

善次郎は煙草盆を引き寄せた。

「おっかさんは元気か」

「はい」

「そうか」

文太郎の用向きはわかっている。金の無心だ。善次郎はわざとそのことに触れないようにした。

「絵のほうはどうだ？」

「そろそろ、『山形屋』に入って、商いを覚えようと思うのですが」

気弱そうな顔で、文太郎は言う。

「商いだと？」

善次郎は啞然（あぜん）とした。

「絵師になりたいと言っていたではないか。どうしたんだ？」

絵師になりたいと、文太郎は十二歳から絵師の春川清州に弟子入りをしたのだ。春川清州は肉筆画の絵師で、たくさん美人画を描いていた。偏屈な人間だが、美へのこだわりの強い男で、美しい絵をたくさん描いていた。

ただ、商売にはならず、生活が苦しいようで、文太郎の手前もあってこれまでにもたびたび援助をしてきた。

「最近、あの師匠についていけなくなったんです」

「しかし、それと自分の夢とは別だろう。春川清州だけが、絵師ではあるまい」

「そうですが」

文太郎は言いよどんでから、

「私はやはり商売を……」

「待て。おまえが、二十歳になったとき、この私が言ったことを覚えているか。絵に未練があるまま、商いをはじめてもだめだ。あと二年、絵のほうで頑張って、それでも商いをやりたいというなら、改めて考えようと」

「はい」

「だが、今の話では、清州についていけないから絵をやめ、商いをする。そう聞こえた」

「………」

「絵師になりたいという思いがまったくなくなるまでは、商売をやってもだめになる。そのことを、よく考えろ」

「叔父さん。私は……」

「聞け」

善次郎は文太郎の声を遮（さえぎ）った。

「兄貴、おまえのおとっつあんが亡くなる間際、この店とおまえのことを頼むと俺に言った。俺はおまえの好きな生き方をさせようとした。だから、この店を盛り上げ、その儲けからおまえの援助を続けてきたのだ」

「わかっています」

「俺はおまえの実の父親だったとして、おまえが絵描きになりたいと言ったら、もう戻ってくる家はない、絵の世界で頑張れと言ったはずだ。だが、この店は兄貴のものだ。それを預かる俺には、もう戻って来る家などないとは言えるはずはない。そんなことを言ったら、俺がおまえを追い出したと思われかねない」

「そんな」

「俺はおまえが絵描きとして大成してくれることを望んでいたんだ。いや、今だってそう思っている。それなのに、商いをやりたいだと」

善次郎は怒りが込み上げてきた。

「情けないぜ」

善次郎は空の煙管を持ったまままくし立てた。

「いいか。文太郎。商いなんてそんな生やさしいもんじゃない。絵師がだめだから商いをやる。そんな心がけでうまくいくと思っているのか」

「はい」

文太郎は頷いた。

「おまえ、さっき、師匠についていけなくなったと言ったな。何があったんだ？」

「それが……」

文太郎は言葉を選ぶように考えてから、

「作風です。作風が変わってしまいました」

「変わったってどういうことだ？」

「汚いもの、醜いものしか描かないんです。師匠の言動もおかしいし……」

「もともと変わった男ではないか」

「はい。そうなんですが……」

「そういえば、清州とは一年以上も無沙汰だ。何かあったのか」

「さあ」

文太郎は曖昧(あいまい)に言う。まあ、いい、一度、久し振りに会いに行ってみようと思った。

「叔父さん。そのことより、お話があります」

「待て、今度にしよう」

「いえ、今、聞いてください」

「いいか。もし、おまえが商いをはじめたいなら、棒手振り(ぼてふり)でもして商売をしてみろ。絵描きがだめだから商いをはじめた。そのあげく、商いもだめだとなったらどうするんだ」

善次郎は手厳しく言い、

「これは俺が言うんじゃない。おまえのおとっつあんの言葉だと思って聞け。もう一度、絵のほうを頑張れ。それで、どうしても商いをやりたいと思うなら、三年間は棒手振りで修業しろ」

「三年ですって」

「なんだ、その顔は？　不服か」

善次郎は顔を歪め、

「いいか。決して憎くて言っているんじゃない。おまえのためを思って言っているんだ。さあ、俺の言葉をかみしめてから出直せ」

善次郎は話の終わりを告げるように立ち上がった。

「叔父さん」

文太郎は恨めしそうな顔を向け、何か言いたそうだったが、首を二度振って諦めたように腰を上げた。

　文太郎が引き上げたあと、おひさがやってきた。

「文太郎さん、険しい顔で帰って行きましたよ」

「絵師になりたいといいながら、その気が失せたようだ。困ったものだ」

　善次郎は侮蔑するように顔を歪め、

「これでは兄貴に顔向け出来ない。ちょっと出かけてくる」

「どちらへ」

「春川清州のところだ。文太郎の話だと、清州の様子がおかしいらしい」

「まあ」

　おひさが眉根を寄せた。


　それから半刻（一時間）後、善次郎は元鳥越町にある春川清州の家にいた。

　描き散らしの絵が部屋中に散らばっている。その真ん中で、清州は酒を呑んでいた。けずねをだらしなく出して、あぐらをかいている。

　善次郎は散らかっている中の一枚を見て、唖然とした。

　美人画かと思うと、女の顔が醜く歪んでいる。次々に拾ってみる。花は枯れ、大勢で踊っているひとの顔は鬼のような形相だ。庭園はゴミの山。

文太郎が言うように、汚いもの、醜いものばかりだ。

「清州。どうして、こんなものばかり描くんだね」

善次郎は呆れたように言う。

「それしか描けないんですよ」

清州は自嘲ぎみに言う。

「どうして？」

「さあ」

清州は首を振った。

「おまえさんの絵は、あんなにきれいだったじゃないか」

「世の中にきれいなものがなくなったからだ」

「世の中に？」

「ひとの世にです」

「どういうことだね」

「妬み、猜疑、裏切り、告げ口、偽り……。この世はそんなのばかりだ」

「何かあったんだね」

「浮世を写実すると、こんな絵しか描けなくなるんですよ。ここに描いたのは、ひとの心です」

　善次郎は痛ましい思いで、もう一度、下描きの絵を見た。どれも醜いものが描かれている。それがひとの心を映したものだと言われると、妙に切実な思いが迫ってきた。

「清州。わかる」

　善次郎は思わず呟いた。

「わかる？」

　清州が意外そうな顔をした。

「そうだ。そのとおりだ。これが現実だ。ひとの世なんて醜い」

　善次郎は吐き捨てる。

「清州。おまえさんは正しいよ」

「旦那？」

　清州が居住まいを正した。

「旦那もそう思うのか」

「ああ、まったく同感だ。この世に美しいものなんかありはしない。気品のある美しい女が金のために平気で嘘をつく」

「そうだ。少しでも隙をみせれば、そこにつけ込んで、追い落とす。そんな連中ばかり見ているから、美しいものは描けないんだ」

清州は湯呑みの酒を呷った。

「清州。誰かに裏切られたのか。少し痩せたようだな。顔色もよくない。まだ、何か悩みでもあるのか」

「旦那。一度植えつけられたものはなかなか消えませんよ」

清州は口許を歪めた。

「いったい何があったんだ?」

「旦那、ほんとうに知らないんですかえ」

「どういう意味だ?」

「そうですかえ。文太郎も話しちゃいなかったんですね」

「何があったんだ?」

「手鎖の刑で、私はここで両手に手錠をかけられて百日間も閉じ込められていたんですよ」

「なんだって。どうして、そんな目にあったんだ?」

「去年の十二月です。いきなり、町方がやって来ましてね。私が描いた、ある屋敷の座敷で男女の芸人が酔って踊っているという絵が曲解されましてね。ある者が奉行所に告げ口をしたんです。この屋敷はある大名屋敷で、踊っている男はどこそこの殿様だと聞いたと。私が違うと言っても、聞き入れちゃくれなかった……」

「そんなことで、手鎖の刑だと」

「ええ。ひどいもんです」

「誰が告げ口したかわかっているのか」

「わかってます」

「誰だ？」

「私の女です。私は女に裏切られた」

「でも、なぜ？」

「風間風斎という絵師が私の女と出来ていたらしい。風間風斎も、私を貶める狙いがあったんです。じつは、私はその大名家に出入りを許されることになったんです。やがて、お抱え絵師となる。そのことは約束されたようなものでした。それを、風斎は妬んでいたんです。だから、女を使って、あることないことを……」

清州は悔しそうに言う。

出版するには検閲があり、幕府批判、将軍家や大名家についてもいろいろな規制があるのだ。

「そうか。そんなことがあったのか」

「前から、汚いことは見てきました。浮世の醜さに幻滅をしていました。でも、だからこそ、美しい絵を描いていこうと思っていたんです。ただ、手鎖の刑を受けてから……」

清州は言葉を切った。

「手首の手錠は与力の旦那が緩めてくれたので、絵を描くことは出来ました。でも、いくら描いてもだめなんです。美しい絵は描けない。浮かんでくるのは醜いひとの心ばかり。やっと刑から解放され、外に出てみました。そうすれば、気持ちは変わると思いましたが、目につくのは醜いことばかり」

清州は深くため息をつき、

「ひとは平気で嘘をつき、ならず者に因縁をふっかけられた私を誰も助けてくれない。私はますます美しい絵が描けなくなってしまいました。美しいものを見たら美しいものが描けると思い、評判の美人の茶汲み女を見に行きました。でも、以前なら美しいと思った女の顔が作り物のようでしかなく、生け花を見たら美しい花の背後に無残に切り捨てられた草花もいっしょに瞼(まぶた)に浮かんできてしまうのです」

「ああ、そうなのか。私と同じだ」

思わず、善次郎は声を上げた。

「私の場合は、ひとの心の醜さだ。みな身勝手で、わがままで、相手のことを思いやろうとしない。自分さえよければいいと思っている。私もそう思った」

「旦那も、ですかえ」

清州は驚いたように言う。

「そうだ。ひとの心は荒れている。私は自分だけがおかしいのかと思ったが、おまえさんも同じだと思うと救われた思いだ」

「私こそ。もう、私は美しい絵を描けない。浮世に、もはや美しいものが存在しないなら、いっそ目を潰してしまったらどうだろうかと考えたりしています。なまじ目が見えるから汚い、醜いものが見えてしまいます。盲目なら、自分が思い描く美しいものを引き出せるのではないか。そんなことを考えたりしました」

「それはいけない。ばかな真似(まね)はするな」

善次郎はたしなめた。

「清州。どうだ、私がお金をだすから、旅をしてこないか。旅先での美しい風景や人情に触れれば、また何か違ってくるかもしれない。そうだ。それがいい」

善次郎は自分の思いつきに酔ったように、

「新たな美しいものを探し、それを絵にして私に見せてくれないか。そうだ、出来たら、文太郎を供に連れて行ってやってくれないか。もちろん、ふたりの旅の掛かりは出そう」

「旦那。いいんですかえ」

清州もその気になったようだ。

「もちろんだ。一カ月か三カ月か半年かわからない。いくらかかってもいい。ただし、文太郎を連れて行ってやってもらいたい」

「わかりました。旦那のお言葉に甘えさせていただきます」

「文太郎には私から言っておく」

清州が美しいものに巡り逢えるかどうかわからない。だが、そのことにかけてみたいという気はあった。

第二章　下手人

一

翌日の昼過ぎに、文太郎がやって来た。ゆうべ、文太郎の住む神田佐久間町の長屋に使いをやったのだ。

善次郎が店から居間に行くと、文太郎が待っていた。

「叔父さん、お呼びでしょうか」

文太郎がさっそくきいた。急の呼び出しで、用件が気になっていたようだ。

「うむ。じつはきのう春川清州に会ってきた」

「…………」

「確かに、おまえの言うように、少しおかしい。だが、無理もない。手鎖の刑で、謹慎していたそうではないか」

「はい。そのために、私も師匠のところに通えませんでした」

「清州の言うことはよくわかる。清州は自分の女にも裏切られ、あげく、自分が描いた絵が大名をおちょくったと言いがかりをつけられた上での手鎖の刑だ。こんな道理に合わないことはない」

善次郎は文太郎の気弱そうな目を見つめ、

「そのため、清州はひとが信じられなくなったんだ。ひとの心が醜く見えてしまう。だから、手鎖の刑以降に描いた絵はどれも汚く、醜いものだらけだ。それは、清州の心の目から見る現実なのだ。わかるか」

「なんとなく」

「なんとなくか。まあ、いい。いずれにしろ、このままでは清州の持ち味は消え、やがて絵師としてもやっていけなくなってしまう。今の清州に必要なものは美しいものをみることだ。そのために旅に出ることを勧めた」

「はあ」

自分とは関わりない話だと思って、文太郎は気のない返事をした。

「文太郎。おまえもいっしょについていけ」

「えっ」

文太郎が目を見ひらいた。

「清州にくっついていけば、いろいろ得るものもあろう。それだけでなく、見聞を広めることはおまえの先々にも役立つ」

「でも、おっかさんが」

「おっかさんのことは心配するな。ときたま、様子を見に行かせる。旅の掛かりはふたりぶん出してやる。陸奥(むつ)でもいい。松島(まつしま)や平泉(ひらいずみ)の中尊寺(ちゆうそんじ)、あるいは、東海道(とうかいどう)を上ってもいい。好きなところに行って来い」

「叔父さん。いいんですか」

文太郎はその気になったようだ。

「もちろんだ。旅は自分を磨くことにも通じよう。わしも若い頃は旅をしたかったが、叶わなかった。行って来い」

「ありがたい。叔父さん、この通りだ」

文太郎は頭を畳につけるようにした。

「兄貴からおまえを託されたのだ。このぐらいは当然だ」

善次郎は微笑んで、

「帰りに、清州のところに行って話を決めて来い」

「わかりました。さっそく」

文太郎はそそくさと帰って行った。

今のままじゃ、商売をやったって心もとない。善次郎はふと文太郎の今後を心配した。

「善吉。どこに行くんです」

おひさの声がして、廊下を善吉が足早にやってきた。

「どうした?」

善吉は色白のなよなよとした見た目だが、負けん気は強い。それがいいほうに出ればいいが、悪いほうに出るととんでもない過ちを犯しかねない。その点が心配だった。

「『美濃屋』の旦那からきかれたんです。私がほんとうに『山形屋』を継げるのだろうかって。なんで、美濃屋さんはそんなことをきくんでしょうか」

善次郎は眉根を寄せ、

「それはおまえがふらふら遊んでいるからではないのか。だから、心配なんだ。わしだって、おふゆの婿になる男は厳しく調べる。大事なひとり娘を持つ親はそんなものだ。おまえがちゃんと店を立ち行かせていけるのか、その器量があるか見極めたいのだ」

「違う。美濃屋さんは文太郎のことを気にしていた。おとっつあんは文太郎のことをずいぶん大事にしているようではないかと」

「美濃屋がそんなことを……」

善次郎はよけいなお世話だと内心で吐き捨ててから、

「文太郎はわしの兄の子だ。おまえにとって従兄弟（いとこ）同士だ。それなりのことをしてあげるのは当然だ。よけいなことを考えなくともよい」

「ですから、この店は」

「善吉。おとっつあんがまだ元気なのに、なぜそんなことを考えるのだえ」

おひさが割って入る。

「長男なんだから、おまえがおとっつあんのあとを継ぐのは当然じゃないか。よそさまから何か言われて、すぐ気持ちが揺れるようじゃ先が心もとないよ」

「おっかさんの言うとおりだ。おまえは長男としてどっしり構えていればいい。ただ、おまえはまだまだ商いで覚えなければならないことがたくさんある。さすが、二代目は違うと、人さまに認められてこその跡継ぎだ」

善次郎は諭（さと）すように言い、

「おまえは文太郎のことを気にしているが、文太郎は今度、絵師の春川清州といっしょに旅に出る」

「旅に？」

「そうだ。絵師として修業の旅になるだろう。文太郎も頑張っている。おまえも負けずに商売に励むんだ」

「……………」

「ほんとうなら、おまえも旅に出して見聞を広げさせてやりたいのだが」

「私は結構です。旅に出たいとは思いません」

すぐに、善吉は答えた。

「そうか」

知らず知らずのうちに、善吉と文太郎を比べている自分に気づいた。文太郎のほうが二つ年上なのだが、善吉のほうが負けん気が強いぶん、おとなしい文太郎より商売に向いていると思うのだが、なんとなく不安だ。

「まあ、そのうち、美濃屋さんに会って、おまえのことをはっきり話しておく。それより、お千代さんの気持ちはどうなんだ？」

「私にぞっこんですよ」

善吉は女には持てるらしい。だが、それはあくまでも『山形屋』の伜だからだ。そのことに気づいているかどうかわからない。

「おとっつあん、すみません。つまらないことで押しかけて」

「いや」

「あっ、そうだ」

善吉が浮かせかけた腰をまた下ろして、

「例の置き忘れの三十両の件ですけど、やはり、あの島造って男は偽者だったんですか」

と、きいた。

「そうだ。名前も住まいも出鱈目だった」

「見るからに、悪そうな顔をしてましたからね」

「おや、おまえは島造の顔を見ていたのか」

「ええ、ちょうどお店に出ていましたから。いかつい顔で、額が広く、目尻がつり上がっていたでしょう」

「そうだ。こんなことになって胸糞が悪い。結果的には騙されたんだからな」

善次郎は握り締めた拳にさらに力を入れた。

「まだ、殺された伊之助と名乗ってやってきた男の顔が脳裏に残っている」

善次郎は深くため息をつく。

「島造が殺したんですね」

「そうだ。島造だ」

「町で見かけたら、町方に訴えてやりますよ」

「危険な真似はするな」

「そこまではしません。じゃあ、私はこれからちょっと出かけてきます」

「出かけるのか」

「はい。美濃屋さんに呼ばれているんです」

そう言い、善吉はそそくさと出て行った。

「善吉こそ、かなりお千代さんに惚れているらしいな」

「はい。ほんとうに、ぞっこんですよ。早く所帯を持たせれば商売に精を出すようになるんじゃないかしら」

おひさは少し睨むような目を向けた。

その目から逃れるように、善次郎は顔を正面に戻した。

昼過ぎに、手代が駕籠がやってきたと告げにきた。善次郎は十両を懐に入れ、手代たちに見送られて駕籠で出立した。

駕籠に揺られ、元鳥越町の春川清州の家に着くまで、さまざまなことが善次郎の頭の中を駆けめぐった。

まずは、置き忘れた三十両の件。伊之助と名乗った掏摸の春次の死。島造のこと。さらには文太郎から清州のことまで浮かんでは消えた。

そして、最後に浮かんだのは、清州の描いた醜い下絵だ。浮世の汚さ、醜さを表現した絵に、善次郎は共感出来る。

清州は旅に行き、美しいものを見ることが出来るだろうか。文太郎はどうなるだろうか。心境に変化を来すだろうか。

駕籠が止まって、善次郎は下りた。

酒手を弾み、善次郎は清州の家に上がった。

清州はあわてて徳利を隠した。昼間から酒を呑んでいるところを見られたくなかったのだろう。

清州はばつが悪そうな顔で、正座をした。

「旦那。どうも」

「旅に出る支度は出来ているのか」

「へえ」

「いつ、出立するのだ?」

「二、三日中に」

「そうか。文太郎はやって来たか」

「へい、来ました」

「話し合いは出来たのだな」

「出来ました」

「よし」

善次郎は懐紙に包んだ十両を出した。

「これで行ってくるといい」

「へえ、ありがとうございます」

「ふたりぶんだ」

「わかっています」

「どこに行くのだ?」

「旦那が言うように、まず松島に行ってみます」

「いいだろう。美しいものに出会ってくるのだ。醜い絵から逃れられることを期待している」

「でも、なぜ、旦那はそこまで？」

「おまえさんに元のような美人画を描いて欲しいのだ。それと、文太郎にも何かを摑(つか)んでもらいたい。出来たら、絵師として一本立ちしてもらいたいのでな」

「そうですか。文太郎は仕合わせ者だ。恵まれている。もし、文太郎が絵師としてやっていけば、旦那はずっと援助していくでしょう。それに引き替え、私は……」

善次郎は啞然とした。

「清州。おまえは妬んでいるのか。すねているのか」

「別に、そんなんじゃありません」

「文太郎をうらやましがったではないか」

「…………」

善次郎は胸がむかついてきた。

「私はおまえにも援助をしてきた。違うか」

「へえ」

「そうか。わかった、あの醜い絵が。あの絵はおまえの心を映し出しているのだ。おまえはある意味、正直だ。己の醜さを絵に表した」

「私は……」

何かを言いかけた。

「まあ、いい。ともかく、旅に出て、心を洗い流せ。その葛藤を、文太郎に間近に見せるのだ。いいな」

善次郎は強く言い、清州の家を辞去した。

醜い。ひとの心は醜い。世の中は、まさに清州が下絵に描いたとおりだ。

善次郎は鳥越神社の鳥居をくぐり、拝殿に向かった。手を合わせながら、どうして俺はこのように醜いものが目についてしまうのだと、嘆いた。

二

その日、出仕した剣一郎はすぐに宇野清左衛門に呼ばれた。

清左衛門は奉行所の最古参であり、金銭の管理、人事など奉行所全般を統括する最高位の掛かりである年番方の与力である。

年番方与力部屋に行くと、清左衛門はすぐに立ち上がって、

「長谷川どのがお呼びなのだ。また、ご老中から何か言われたのであろう」

と、苦笑した。

「すまないが、同行してくれ」

「承知しました」

清左衛門は剣一郎を伴い内与力部屋に向かった。

内与力は、奉行所内の与力ではなく、お奉行の腹心の家来である。お奉行は赴任するときに自分の家来を十人ほど引き連れ奉行所に乗り込んで来る。お奉行が任を解かれたら、いっしょに引き上げていく連中だが、お奉行の腹心であることをいいことに、威光を笠に着て威張っている。手当てだって十分に受け取っている。

その内与力の筆頭が長谷川四郎兵衛である。

内与力の用部屋の隣にある小部屋で待っていると、四郎兵衛が渋い顔でやって来た。

「ごくろう」

四郎兵衛は鷹揚に言う。

「じつは、昨日、お奉行はご老中より、勘定吟味方改役井村徹太郎が殺された件について、いまだに下手人をつかまえられずにいて、よう奉行職が務まるものよと、厭味を言われたそうだ。二カ月も経つのに何の進展もなく、お奉行は返す言葉もなく、ただ黙って忍んでいたそうだ」

「そのことですか」

清左衛門ははっとしたように頷き、

「確かに、まったく手掛かりもなく、正直なところ、お手上げ状態です」

さらに、清左衛門は苦しそうに続けた。

「ただ、言い訳と受け取られてしまうかもしれませぬが、勘定吟味役さまをはじめ朋輩たちも、井村徹太郎どのが何をしていたのかを話そうとしません。力を合わせようとする気がないのですから、我らはなかなか探索が捗らないのも事実」

「いや、その点はお奉行もよくわかっていらっしゃる。その上で、この事件の解決に向けて青柳どのの力を借りるようにと仰った」

四郎兵衛は剣一郎に顔を向け、

「青柳どの。お奉行のご意向でもある。井村徹太郎を殺した下手人を何としてでも挙げてもらいたい」

武士が殺された事件ではあるが、井村徹太郎は匕首で刺されていた。下手人は市井の徒と考えられ御徒目付と共に奉行所も探索に加わっていた。

「長谷川どの。いまさら青柳どのに携わってもらったところで、井村どのの周辺が何も語らない中で何が出来ましょう。ましてや、二カ月も経っており、何が摑めましょうか」

清左衛門は憤慨して、

「もしや、解決出来ないことを見込んでこの難しい探索を押しつけ、青柳どのの評判を貶めようという狙いがあるのではないでしょうな」

「な、なにを申すのだ」

四郎兵衛も気色ばんだ。

「わしがそのような卑劣な真似をいたすと思うのか」

「長谷川どのは、日頃から青柳どのを目の敵にしているように見受けられますのでな」

「ばかな」

四郎兵衛が頰を震わせた。

「その儀、確かにお引き受けいたします」

剣一郎はふたりの間に割って入るように言った。

「まことに、いまだに下手人を挙げることが出来ないことは奉行所にとっても由々しきこと。私でお力になれるのであれば喜んで」

「おう。青柳どの。よくぞ、申してくれた」

四郎兵衛は顔を綻(ほころ)ばせた。

「ぜひ、お頼み申した」

四郎兵衛は清左衛門を横目で睨んで先に部屋を出て行った。

「日頃、青柳どのを目の敵にしているくせに、困ったことがあればなんでも青柳どのに頼る。なんというお方だ」

清左衛門は吐き捨てる。

「いや。このままにしておいていいものではありません」

「だが、あの件は探索が難しい。誰も何も話してくれないのだ。それで、まことしやかに言われているのは、勘定奉行勝手方の影だ。誰も、そのことを恐れてほんとうのことを言おうとしないという噂があった」

「勘定奉行勝手方の影ですか」

勘定奉行勝手方は幕府財政の一切を司(つかさど)っている。そのため、不正が行なわれやすく、その監視のために勘定吟味役という役職があった。

殺された井村徹太郎が務める勘定吟味方改役は、勘定吟味役配下の役人である。したがって、井村徹太郎は何かを調べており、それが勘定奉行勝手方の不正につながるものではなかったのかという疑いは当初よりあった。

だが、この疑いを、井村徹太郎の上役である勘定吟味役の桐山俊太郎が否定した。勘定吟味方改役が新たに調べていることは何もなかったと答えている。

そのため、井村徹太郎に妾がいて、その女の間夫といざこざになったのではないかということになった。

しかし、井村徹太郎に妾は見つからなかった。

「勘定吟味役の桐山どのも、井村徹太郎の恥を晒すのは忍びないと言って、暗に女のことでのいざこざによって殺されたことを匂わせているそうだ。しかし、井村徹太郎は堅物で女に現を抜かすような男ではないという話も出て、やはり勘定奉行勝手方の力が働いたのではないかという話も残っていた」

「そうですか」

「二カ月前の、そのような事件を蒸し返したところで何も出まい。残念ながら、お手上げなのだ。それを、今さら青柳どのにやれといっても……」

いやはやと、清左衛門は首を横に振った。

「勘定奉行勝手方も、その仕事を監視する勘定吟味役のほうも、何か釈然としませんね」

「そうだ。女の件でけりをつけようとしている。そう思えてならない。そういうわけだ。いくら長谷川どのの頼みとはいえ、まともに考えることはない」

清左衛門は剣一郎のためを思って言ってくれたのだが、解決していない事件があるというのは捨てておけない。

「ともかく、調べてみます。深川のほうの受持ちは、確か柴田欣三……」

清左衛門と別れ、剣一郎は定町廻り同心の柴田欣三を探したが、町廻りに出ていた。

その欣三が昼にいったん戻ってきたので、剣一郎は欣三を与力部屋に呼び寄せた。

「勘定吟味方改役の井村徹太郎のことについて教えてもらいたい」

自分がもう一度、調べることになったと、剣一郎は告げた。

「はい。あれは奇妙な事件でした」

欣三が顔をしかめた。

「まず、死体が見つかった時刻と場所だ」

「はい。暮六つ（午後六時）から四半刻（三十分）ほどした頃、仕事帰りの大工が閻魔堂橋の脇で小便しようとして川っぷちに立ったら、水に浮かんでいる死体を見つけたんです。引き上げられた死体は侍でした。心ノ臓をひと突きにされ、その後、抉ったような跡がありました。その傷が致命傷でしたが、腹や背中、腕にも何かで殴られたような痕跡がありました。身許は財布の中にあった書き付けから、直参の井村徹太郎どのとわかりました」

欣三は息を継いで、

「勘定吟味方改役ということで何か不正を探っていたんではないかと、御徒目付の手を借りて探索しましたが、何もわかりませんでした。何もわからないというのは、誰も何も話してくれないからです」

「それは、口止めされていたからか」

「いえ、朋輩たちはほんとうに何もしらなかったようです。ただ、みな一様に、井村徹太郎はひとりで動いていたと言っていました」

「ひとりで動いていた？」

「はい。でも、それが何かわかりません。そんなことから、女がいたんではないかと、誰かが言い出して」

「誰が言い出したんだ？」

「わかりません。朋輩です。それで、女のことでいざこざに巻き込まれたという話にいつしかなっていまして。匕首で殺されたことも、それを裏付けている。御徒目付のほうも、そう信じ込むようになって、あとはその方面での探索が主に」

「その頃、何か不正を疑うような大きな工事はなかったのか」

「小名木川(おなぎがわ)の修復工事がはじまっていました。しかし、勘定吟味役はその工事に問題はないと言っていたそうです。だから、御徒目付は女のことだろうと……」

「だが、その女は見つかっていないのだな」

「はい。見つかっていません」

「女がいた形跡は？」

「ありません。妾ではなく、呑み屋か岡場所の女とも考え、深川一帯の遊女屋を当たりましたが、井村どのが現われた形跡はありません。ただ、新大橋(しんおおはし)の橋番の男が井村どのらしき侍を何度か見かけていました」

「何度か……」

「はい」

「井村徹太郎は独り身か」

「そうです」

その他、いくつかを聞いたが、特に気になるようなことはなかった。

ひとりになって、剣一郎は事件を振り返ってみる。

まず、剣一郎は女の問題ではない、と思った。妾がいたとしたら、その妾が名乗り出てくるだろうし、名乗り出なくとも、柴田欣三の探索に引っかからないのも不自然である。妾はいないと考えるべきだ。

やはり、井村徹太郎は役務上のことで殺されたと考えるべきではないか。しかし、役務なら、上役の勘定吟味役桐山俊太郎は当然知っていなければならない。

これはどういうことか。その疑問はさておくとして、井村徹太郎は深川に来て何かを調べていたのだ。

「青柳さま」

見習い与力がそばで畏まった。

「いま、神田岩本町左兵衛店の大家の使いがやって来て、言伝てを残して行きました」

「左兵衛店の大家とな。聞こう」

「はい。島造という男に似た特徴の男を知っているという店子が見つかったとお伝えくださいとのことでした。きょうは、長屋にいるとのことでございました」

「あいわかった。ご苦労」

あの大家は律儀にも、店子にききまわってくれたらしい。

昼過ぎに、剣一郎は奉行所を出て神田岩本町の左兵衛店の大家の家に寄った。

戸口に立って呼びかけると、

「青柳さま」

と、大家が奥から飛びだしてきた。

「知らせをもらったが」

剣一郎は言う。

「はい。鋳掛屋(いかけ)の一平(いっぺい)なんです。一平が言うには、深川佐賀町(さがちょう)にある『呑兵衛(のんべえ)』という呑み屋から出てきた男が、島造という男に似ているそうです」

「そうか。で、一平はきょうは?」

「いると言ってました」

大家は出て来て、長屋路地を先頭に立って、一平のところまで案内した。

障子に鍋と釜の絵が描いてある戸を開け、

「一平。青柳さまだ」

と、薄暗い部屋に声をかけた。

へいと返事があり、もぞもぞと黒いものが動いて、上がり框に這い出してきた。天窓からの明かりに、皺の浮いた顔が浮かび上がった。

「なんだ、寝ていたのか」

大家は呆れたように言う。

「やることねえんで」

一平は五十過ぎのようだ。

「例の話を青柳さまに」

「へえ」

一平は頭を下げてから、話した。

「深川佐賀町の『呑兵衛』という呑み屋の近くの家の軒先で鍋を直していたら、『呑兵衛』から出てきた酔っぱらいが、おやじさん、どこから来ているんだってきいてきたんです。その男、年は三十ぐらい。いかつい顔で、額が広く、目尻がつり上がって、少しおっかない感じでした。その男がやけにやさしい声をかけてきたんです」

「どうして、そなたに声をかけたんだ？」

剣一郎は不思議に思った。

「なんでも、あっしが死んだ親父さんに似ていたそうです。それに、鎌倉河岸の近くでも、あっしを見かけたそうなんです。それで、どこから来たのかと気になったようです」

「いつごろのことだ？」

「ふた月ぐらい前です」

「会ったのは一度だけか」

「そうです」

「そのとき、連れは？」

「遊び人ふうの男といっしょでした」

「その男の顔は覚えているか」

「いえ、その男はそのまま先に行ってしまったので見ていません」

「ともかく、よく覚えていた」

「へえ、親父さんに似ていると言われましたんで」

「なるほど。そうか。助かった」

剣一郎は礼を言い、一平の住まいを出た。

「すまなかった。これで、島造と名乗った男が、なぜこの長屋を住まいにしたのかわかった」

「お役に立てて幸いでございます」

大家はうれしそうに言った。

それから一刻（二時間）後、剣一郎は浜町堀（はまちょうぼり）を通って新大橋から深川に渡り、佐賀町にある『呑兵衛』にやって来た。

暖簾（のれん）をかき分け、剣一郎は店に入った。片側が小上がりの座敷で、土間には長い縁台がふたつ、並んでいた。

日暮れて、だいぶ客が入っていた。職人や日傭取り（ひようとり）のような男が多い。小上がりの座敷はいっぱいだった。

客がざわついたのは、左頰の青痣に気づいたからだろう。あちこちで、青痣与力だと囁く（ささやく）声が聞こえた。

「皆の衆、すまない。すぐ帰る。気にせずに、やってくれ」

剣一郎は大声で言い、近づいてきた丸顔の亭主に、

「三十ぐらい。いかつい顔で、額が広く、目尻がつり上がった男を知らないか。この店から出て来たのを見た者がいる」

「そのお客なら覚えています。いえ、一度だけです。ここで、待ち合わせしてました」

「待ち合わせ？」

「はい。先にひとりで来て、小上がりで呑んでました。そこに、お連れさまがやって来ました」

「連れはどんな男だ？」

「やはり、三十ぐらいの遊び人ふうの男でした」

「どうして、覚えていたんだ？　たくさんの客が毎日やって来ているだろうに」

「じつは、近くで、ひと殺しがあった日だったんで」

「ひと殺し？」

剣一郎は聞きとがめた。

「へえ。ふたりの客がいるとき、常連の日雇いの男がやって来て、いまたいへんな騒ぎだって言い出したんです。閻魔堂橋で、お侍さんが殺されているのが見つかってね。店の中でも、その話題で盛り上がった」

勘定吟味方改役の井村徹太郎のことだ。

「そのときのふたりはどうしていた？」

「かなり、いい気持ちになっていたようです。にやにやしながら、皆の話を聞いてました。帰り際には、こんなうまい酒ははじめてだとおべんちゃらを言ってました」

なるほど、島造と名乗った男はかなり上機嫌だったようだ。だから、外に出たときに見かけた一平に声をかけたのだ。

「その後、その男は現われないのか」

「へえ、現われません」

「その他、ふたりのことで何か気づいたことはないか」

「いえ、特には」

亭主は首を振る。

「話の内容が耳に入らなかったか」

「いえ、かなり客がいて、賑やかでしたので」

「そうか。わかった」

島造と名乗った男が連れと『呑兵衛』にやって来た日に、井村徹太郎が殺されている。

剣一郎は『呑兵衛』を出て、油堀川沿いを閻魔堂橋に向かった。

閻魔堂橋は正式には富岡橋というが、近くに深川の閻魔さまと呼ばれる閻魔堂があるので、そう呼ばれている。

剣一郎は閻魔堂橋の袂に立った。

井村徹太郎はこの付近で襲われたのだ。柴田欣三はさんざん調べたに違いないが、徹太郎の動きは摑めなかった。

おそらく、徹太郎はどこかからの帰りだったのだろう。新大橋の橋番が徹太郎らしき男を見たと言っていることからして、深川へは新大橋を利用していたと思われる。

すると、永代寺門前仲町、さらに入船町から木場のほうまでが徹太郎が訪れたと思われる範囲だ。

勘定奉行絡みでは木場の材木問屋との関わりが気になるが、材木問屋ならば、すぐわかるはずだ。また、柴田欣三の調べでも材木問屋のことは問題になっていない。

徹太郎の訪れた先は木場ではない。また、門前仲町界隈の料理屋や遊女屋でもない。やはり、誰かの家だ。

もちろん、徹太郎が妾を囲っていることはありえない。

二カ月前の殺しの真相を今になって解明出来るか、剣一郎はまるで暗闇の中を明かりもなしに進んでいるような気がした。

三

二日後、『美濃屋』の娘お千代が善吉のもとを訪れた。帰り際に、善次郎に挨拶にきた。

艶(つや)やかな黒髪にやや面長の顔は色白で、切れ長の目に鼻筋は通り、少し勝気そうな口許が妙な魅力を醸(かも)しだしている。以前に春川清州が描いていた美人画から抜け出たようだと思った。

「どうぞ、美濃屋さんにもよろしくお伝えください」

善次郎はお千代に言う。

「はい。それでは失礼いたします」

お千代は辞儀をして善次郎の前から離れた。匂うような美しさとはこのことかと思うほど、お千代の美貌には目を見張るものがあった。娘のおふゆと同い年だというが、はるかにおとなであり、色香があった。

お千代は開けたままの障子からそのまま廊下に出て、一度もこっちを振り返らずに出て行った。

善次郎はそのことが気になった。廊下に出たあと、こっちに目礼をしてもよいものをと、気になった。

今の態度は、挨拶して立ち上がったあと、すぐ善次郎のことを忘れてしまったようだ。あまりにも誠意がない。

美しい姿が急に色あせたものになり、善次郎は表情を曇らせた。これでは、まるで春川清州の描いた醜い美人画だ。

美しい娘の襟元から蛇が覗いている。そんな絵が脳裏を過る。

いや、たまたま、お千代は向こうで善吉が待っているので気がせいたのかもしれない。そうなのだと、自分に言い聞かせて、善次郎は立ち上がった。

急いでお千代のあとを追いかける。店の裏手にある家人用の出入口に急ぐ。ちょうど格子戸の開く音がした。

善吉とおひさが見送る。挨拶をして、お千代が女中とともに去って行く。善次郎は外までお千代を見送った。

大通りに出る前に、こっちに顔を向けると思ったが、一度も振り返ることなく、お千代は引き上げて行った。

「おとっつあん」

善吉が気づいて声をかける。

「お見送りに来てくれたのですか」

「いや」

「ほんとうにお美しい娘さんだこと」

おひさも満足そうに微笑む。

善次郎は素直に喜べない。あの美しさの裏に何が隠されているのか、そのことが気になる。

部屋に戻ってから、

「あの娘、きょうは何しに来たのだ？」

と、善次郎はおひさにきいた。

「何って」

おひさが驚いたような目を向けた。

「善吉に会いにきたに決まっているじゃありませんか」

「それだけか」

おひさが眉根を寄せた。

そこに、善吉がやって来た。

「おとっつあん、お千代さん、喜んでました」

「何を喜んでいた？」

「えっ？」

善吉は当惑したようにおひさに顔を向けた。

「おまえさん。いったい、どうしたんですね」

おひさは心配そうな顔を向けた。

「いや、もういい」

善次郎は首を横に振った。

「善吉。おとっつあんが気にしているんだけど、お千代さんはなにしに来たんだえ。おまえに会いにきたの？」

おひさが善吉に話した。

善吉の口許が歪んだ。

「たぶん」

善吉は言いよどんだ。

「どうした。なんだ」

善次郎は急かした。

「おとっつあんの考えたとおりだよ」

善吉は表情を曇らせた。

「美濃屋さんは、文太郎のことを気にしているらしい。ほんとうに、私がここの跡を継ぐのかと」

「そうか。よけいなことを勘繰って」

善次郎は美濃屋に腹を立てた。

「おまえさん」

おひさが不安そうにきく。

「おまえたちはよけいな心配をしなくていい」

「わかっている。お千代さんにははっきり言ったよ。この店を継ぐのは私しかいないと。そのことだけが心配だったようだ」

「善吉。おまえはあの娘が好きなのか」

「ああ、好きだ。早く、嫁に迎えたい」

善吉は臆面もなく言う。

「ほんとうにいい娘さんよ。お千代さんが嫁に来てくれたら、きっとうまくやれますわ」

おひさも気に入ったようだ。

「ああ、いい娘だ」

善次郎は答えたが、またも一度も振り返らずに去って行く姿が凝りのように気を重くした。

何も完璧を求めるつもりはない。ひとに欠点があるのは当然だ。だが、他人への気配りが出来ないことは許せない。大事なのは思いやりだ。

それがあれば、途中で振り返るはずだ。逆の立場で、こっちがお千代の見送りを受けて別れたら、きっと途中で振り返る。だが、そのときすでにお千代は家の中に引き上げているに違いない。

美濃屋が、善吉がほんとうに『山形屋』の跡を継ぐかどうか気にするのは、ある意味、親としては当然だ。娘を嫁がせるのだから、婿になる男について心配するだろう。

だが、お千代はどうなのだ。善吉が『山形屋』の跡取りだから嫁になろうとしているのか。

そのことを確かめようと思ったが、善吉に酷なような気がして口に出来なかった。それに、そんなことに関わりなく、善吉が『山形屋』の跡取りである限り、お千代は嫁に来るのだ。

いつの間にか、おひさは部屋を出て行き、善吉も帳場を手伝ってくると、廊下に出た。が、ふと思いだしたように引き返してきて、

「おとっつあん」

と、善吉は顔をしかめて切りだした。

「おとっつあんは絵師の春川清州は旅に出たと言ってましたね」

「ああ、一昨日出発したはずだ。一昨日は草加か越ヶ谷に泊まり、きのうは利根川を越えたろう。まあ、文太郎もいっしょだから、寄り道をしているかもしれないが……」

善次郎は旅の空を想像しながら話した。

「おとっつあん。おかしいな」

「おかしい？　何がだ？」

「じつは、ゆうべ、仲間と品川（しながわ）に行ったんだ」

「品川宿か。飯盛女か」

　江戸四宿の中でももっとも女郎の数が多いのが品川だ。善吉は品川まで遊びに行っているのかと、呆れた。

「まさか、馴染みがいるんじゃないだろうな。お千代さんに嫌われるぞ」

　つい、善次郎はきつく言う。

「そんなんじゃない。仲間内のつきあいですよ」

　善吉はにやにや答えたが、すぐ真顔になって、

「清州さんがいたんです」

　と、訴えるように言う。

「清州がどこにいた？」

「品川遊廓ですよ」

「まさか」

　善次郎は一笑に付した。

「清州は奥州（おうしゅう）街道だ。東海道の品川とは正反対だ」

「でも、確かに、清州さんでしたよ」

「………」

善次郎は言い返そうとした言葉を呑んだ。

「芸者を揚げ、お大尽気取りでした」

「見間違いだ。そんなはずはない」

善次郎は自分でも声に力がないことがわかった。

善吉が部屋を出て行き、ひとりになって、

「清州であるはずがない」

と、善次郎は自分に言い聞かせるように言った。

だが、落ち着かなくなった。

店に出て、番頭に、

「ちょっと出て来る」

と断わり、善次郎は出かけた。

途中で駕籠を拾うつもりだったが、あいにく空駕籠が来なくて、御徒町(おかちまち)を抜け、三味線堀(しゃみせんぼり)を通って、元鳥越町の清州の家にやって来た。

格子戸を開けると、留守番の婆さんが出てきた。

「まあ、『山形屋』の旦那」

婆さんが急にあたふたとした。

「どうした？」

「いえ、なんでもありません」

怪しいと、思った。

「清州はどこに行った？」

「た、たびに……」

「婆さん、口止めされているな」

「滅相もない」

「婆さん。いくらもらった？」

「えっ」

「黙っている見返りに、いくらかもらったのだろう。一朱か、一分か」

「そんなにもらってません」

「やはり、もらっているのか」

婆さんはあわてて口を手で押さえた。

「あたしは何も知りませんよ」

「婆さん」

善次郎は財布を取り出し、

「これでどうだ？　正直に言えば、これを上げよう」

と、一分を置いた。

婆さんは一分金と善次郎の顔を交互に見て、指をもう一本立てた。

「なんだ？　もう一分出せということか」

「はい」

「もう一分出したら、口止めされていることを喋(しゃべ)るのか」

「はい。喋ります」

「醜い」

善次郎は思わず吐き捨てた。

「もういい」

善次郎は出した一分を引っ込めた。

「旦那、どうしたんですかえ。聞きたくないんですかえ」

婆さんは狡賢(ずるがしこ)そうな目で見た。

「聞きたくない。金で、清州との約束を破ろうとした性根が気にいらん。また来る」

「あっ、旦那。待ってくださいな。一分で結構ですって」

婆さんは悲鳴のような声を上げた。

不愉快な思いで、外に出た。

いったい、どうなっているんだと、善次郎は怒りが込み上げてきた。どいつもこいつも浅ましい者ばかりだ。

善次郎は向柳原(むこうやなぎわら)から神田佐久間町に向かった。

清州は旅に出るといって十両を受け取ったのだ。その金で、品川遊廓で派手に遊んでいるだと。冗談ではないと思ったが、はたと思い止まった。

まだ、この目で確かめたわけではない。善吉の見間違いかもしれない。世の中に似ている人間もざらにいよう。善吉は清州と何度も会ったわけではない。人違いしても不思議ではない。

些細なことで疑うなんて、醜いことだと反省した。

文太郎のところに行けばわかる。佐久間町にやって来て、文太郎の住む長屋木戸を入った。

文太郎の住まいの腰高障子に手をかけ、

「ごめんなさいよ」

と、善次郎は戸を開けた。

「はい」

奥から声がした。文太郎の母親のおもんが仕立ての仕事をしていた。

「まあ、善次郎さん」

おもんはあわてて、その辺りを片付けた。

「義姉さん。ご無沙汰しております。これ」

善次郎は鳥越神社の前で売っていた羽二重団子を差し出した。

「すみません」

「義姉さんの好物でしたね」

善次郎は上がり框に座る。

おもんは立ち上がり、

「お茶を」

「いえ、お構いなく。すぐにお暇いたします。ほんとうに、お構いなく」

「そうですか」

おもんはそのまま腰を下ろした。

「義姉さんは相変わらず若い。兄貴が義姉さんと所帯をもった当座は、私は毎日義姉さんの顔を見ると息苦しくなったことを今でも覚えています」

「あの、きょうは……」

「いや。よけいなことを。文太郎との約束でしてね。文太郎が旅に出ている間、私がおっかさんの様子をときたま見に行くと」

「文太郎が旅に？」

おもんが不審そうに口をはさんだ。

「ええ、絵師の春川清州といっしょに旅に行っているんじゃありませんか」

「何かのお間違いでは？」

「間違いですって」

「はい。文太郎は今、行商の仕事をしています。叔父さんから商いを覚えるためには棒手振りからはじめなきゃだめだと言われたと……」

善次郎は最後まで聞いていなかった。

やはり、善吉の言ったことはほんとうだったのか。

「そうでしたか。私の勘違いだったようです。また、文太郎がいるときに来ます」

善次郎は立ち上がり、急いで外に出た。清州は嘘をついた。やはり、あの醜い下絵は、清州自身の心を映し出したものだ。

逆上せて顔が熱い。怒りが治まらない。なぜ、俺の周囲には醜いものばかりなのだとやりきれなかった。

これから品川まで飛んで行き、清州の横っ面を張り倒してやりたいが、そこまでする気力はなかった。

面と向かって怒っても、清州はいろいろ言い訳をするに決まっている。その醜い姿をみるだけでうんざりする。

御成道に差しかかったとき、横町から文庫売りが出てきた。頭に手拭いをかぶり、天秤の両脇に草双紙などを収納する小箱や提灯箱をたくさん積んである。

若い男なので意外に思ったとき、それが文太郎だと気づいた。同時に、文太郎のほうも気づいた。

行商をしている文太郎に無性に腹が立った。

「文太郎」

善次郎は駆け寄った。

「叔父さん」

「叔父さんじゃない。今ごろは旅に出ているはずじゃなかったのか。なんで、こんな真似をしているのだ」

「叔父さん、じつは……」

「ここは往来だ。向こうに行こう」

善次郎は横町に入り、商家の裏手の人気のない場所にやって来た。

「清州はどうしたんだ？」

善次郎はきいた。

「旅に出たって、同じことだと言って……」

「同じ？　何が同じだ？」

「どんなに美しい風景を見ても、ひとの心が汚れているからって」

「ひとの心ではない。清州の心が汚れているのだ。で、清州はどこに行った？」

「知りません」

「知らない？　清州の肩を持つのか」

「そうじゃありません。私は破門されました」

「破門？」

「俺にはひとを教えることは無理だって。今まで、教えてくれたじゃありませんかと言ったら……」

文太郎が言いよどむ。

「なんだ、清州はなんと言ったんだ？」

「おまえを弟子にしておけば、叔父さんが援助をしてくれるからだと……」

「………」

善次郎はすぐに声が出なかった。

気を取り直してから、

「ようするに、清州はおまえと袂を分かったってことか」

と、善次郎はきく。

「はい」

「金はどうした？　ふたりで分けたのか」

「金？」

「旅の掛かりとして十両を渡した」

善次郎は答えが予想できて声が震えた。

「私は知りません。そんな話は聞いていません」

「あの野郎」

善次郎は思わず顔を歪め、

「おまえは清州がどこにいるか、ほんとうに知らないんだな」

「知りません」

「品川だ」

「品川？」

「遊廓だ。豪遊をしているらしい」

「なんと」

文太郎も目を丸くしている。

「半分はおまえに上げたものだ。それを、独り占めしやがった」

「叔父さん」

文太郎は言いづらそうに、

「師匠は、女のひとに騙されてから、変わってしまったんです。あんなにきれいな絵を描いていたのに……」

文太郎は同情するように言う。

「文太郎。おまえはどうかしている。ばかにされているのだ。なんとも感じないのか」

「はい。でも……」

文太郎は何か言いたそうだったが、善次郎は強引に、

「もういい」

と、話を打ち切った。

「叔父さん。師匠を許してやってください。師匠も苦しんでいるんです」

「何に苦しむんだ。自分がいけないのだ。もう、いい」

善次郎は突き放すようにし、

「文太郎。今の文庫売りの商売に精を出すんだ」

と言い、さっさと文太郎から離れた。

再び、御成道に出て、下谷広小路の店に戻った。店は善次郎の苦悩をよそに、繁昌していた。

たくさんの客が出入りをしているのを見て、ようやく荒れていた心が鎮（しず）まった。俺がここまで『山形屋』を大きくしたのだという自負がある。

店に入って行くと、番頭や手代らが、

「お帰りなさいまし」

と、迎えた。

鷹揚に頷き、座敷に上がって、今度は善次郎が反物を見ている客にひとりずつ挨拶してまわった。

だが、奥に戻ったとき、清州のことを思いだし、またも怒りが込み上げてきた。

四

剣一郎が神田明神の裏手に駆けつけると、京之進がすぐに近づき、

「青柳さま。お呼びいたして申し訳ありません」

と、頭を下げた。

「いや。わしを呼んだのは、殺された男が何かの事件に関わりあるからか」

朝、八丁堀の屋敷から奉行所に行こうと、玄関を出かけたとき、京之進の使いが駆け込んできて、男が殺された現場に来ていただきたいと言ってきたのだ。

「いえ。じつは、偶然かどうかわからないのですが、殺されたのは伊之助という男なのです」

「なに、伊之助？」

「はい。三十両といっしょに入っていた半紙に記されていた名前と同じです。偶然かとも思いましたが、こちらに」

と言い、京之進はホトケのところに案内した。

「ご覧ください」

岡っ引きが莚(むしろ)をめくった。二十七、八ぐらいの男が仰向けで死んでいた。羽織(はおり)を着て、商家の若旦那ふうの男だ。

「心ノ臓をひと突きか。やっ、抉られているのか」

剣一郎は呟く。

「はい。春次と同じ傷跡です」

うむと、剣一郎は唸った。

と、同時にもうひとつの殺しを思いだした。

閻魔堂橋で死んでいた井村徹太郎も匕首で心ノ臓をひと突きにされて抉られていたという。井村徹太郎の傷跡は見ていないが、春次の傷跡を見て、止めを刺すというより、刺した人間の癖であろうと考えた。

そういう癖を持つ人間が何人もいるとは思えない。だとすると、同じ下手人か。

春次を殺ったのは島造と名乗った男であることは、伊之助に頼まれたといって『山形屋』から三十両を受け取ったことでも明らかだ。そして、半紙に書かれた伊之助という男が春次と同じように心ノ臓を抉られていた。

島造の仕業だということが容易に想像出来る。問題は井村徹太郎だ。同じように心ノ臓を抉られていたことから、島造の関与を疑わざるを得ない。その日、島造は佐賀町の『呑兵衛』にいたのだ。

「島造と名乗った男の仕業ではないでしょうか」

京之進がきいた。

「そうだ。それだけではない。二カ月前、深川の閻魔堂橋で勘定吟味方改役の井村徹太郎が殺された件を覚えているか」

「はい。いまだに下手人がわかりません」

「井村徹太郎も心ノ臓を抉られていたそうだ」

「そうでしたか」

京之進は顔色を変え、

「まさか、その下手人が島造……」

「その夜、近くの呑み屋に島造がいた」

剣一郎は事情を話した。

「やはり、島造です」

聞き終えて、京之進が興奮して言う。

「島造は何者かに頼まれて井村徹太郎と伊之助を殺したのだ。ただ、春次だけは金を盗られた仕返しだろう」

「三十両は謝礼で、半紙に狙う相手が記されていたということですね」

「そうだ。島造は依頼を実行したのだ。島造には仲間がひとりいる。これまでに、同じような手口で殺された者は？」

「いないと思います。下手人がわからないのは井村徹太郎の場合だけです」

「では、井村徹太郎がはじめての殺しだな」

剣一郎は頷いてから、

「ひとり三十両。ふたりを殺って六十両か。まだ、やりそうだな」

と、表情を曇らせた。

「ともかく、伊之助の周辺を調べるのだ。恨みを持つ人間はすぐ見つかるだろう」

そのとき、商家の番頭ふうの男が駆けつけてきた。

「旦那。『金子屋(かねこや)』からやって来ましたぜ」

岡っ引きが京之進に声をかけた。

「よし、通せ」

「へえ」

番頭ふうの男が京之進に導かれ、ホトケの傍に行った。岡っ引きが莚をめくる。番頭の顔色が変わった。

「伊之助さま」

番頭は呟いた。

「間違いないか」

「はい。『金子屋』の伊之助さまに間違いありません」

『金子屋』は南伝馬町三丁目にある酒問屋で、伊之助は次男坊だという。

剣一郎はその場を離れた。

殺されたのはゆうべだ。伊之助はこの付近の料理屋に遊びに来た帰りだったか。聞き込みをしたら、伊之助の足取りはつかめるだろう。

剣一郎はその足で、下谷広小路にある『山形屋』に行った。

店に顔を出して商売の邪魔をしてはならないと、家人が出入りをする戸口に向かい、格子戸を開けた。

奥に呼びかけると、女中が出てきた。

「主人はいるか」

「はい。少々お待ちください」

「あっ、待て。いたら、ここに来てもらえればいい」

「はい」

女中は奥に引っ込んだ。

すぐに、山形屋善次郎がやって来た。

「青柳さま。どうぞ、お上がりを」

「いや。すぐ済む。ここでよい」

「さようでございますか」

善次郎はそこに腰を下ろした。

「じつは、伊之助という男が殺された」

「伊之助？　まさか、あの半紙にあった伊之助ですか」

善次郎は飛び上がらんばかりの衝撃を受けたようだ。

「おそらく、間違いない」

「なんと」

「もう一度、島造と名乗った男についてききたい」

「はい」

善次郎は緊張した声を出す。

「島造は、三十ぐらい。いかつい顔で、額が広く、目尻がつり上がって、怖そうな印象だったということだな」

「はい。そうです」

「その他、何か気づかなかったか。そう、まず背丈だ」

「そうですね。五尺七寸(約一七一センチ)前後でしょうか。細身でした」

「その他に何か特徴はなかったか」

「さあ」

善次郎は首を傾げた。

「黒子(ほくろ)とか、傷とか……」

「あっ、そういえば、お金を受け取ったとき、右手の甲に小指から親指のほうにかけて、傷跡がありました」

「かなり、目立つ傷跡か」

「そうですね。私の目につきましたから」

「わかった。それだけでも、だいぶ役立つ」

「青柳さま」

善次郎は不安そうな顔で、

「島造という男が伊之助さんを殺したのでしょうか」

「おそらく。たぶん、金で殺しを請け負ったのであろう」

「なんと、恐ろしい」

善次郎は肩をすくめた。

「でも、私は島造という男を恐ろしく、おぞましいと思いこそすれ、醜いとは思いません」

「ほう、なぜだ?」

剣一郎はつい引き込まれてきいた。

「悪人だからです。悪人には法のお裁きがあります。私が醜いと感じるのは善人面をして平気でひとを裏切り、ひとを妬み、ひとを中傷する人間です。そんな輩が多過ぎます」

「山形屋。また、そなたをいらだたせることがあったのか」

「はい」

「何があったのだ？　きかせてくれないか。ひとに話せば、少しは気が晴れるやもしれぬ。どうだ」

「いえ、愚痴でございます」

「いい。聞かせてもらおう」

「そうですか。じつは、絵師の春川清州のことでございます」

「うむ。醜いものしか描けなくなったという絵師だな」

剣一郎は剣之助から見せられた清州の下絵を思い出し、一度、会ってみたいと思った。

「清州はこのままでは二度と美しい絵を描くことが出来ない。そう自信をなくしていました。それで、私は旅に出ることを勧めたのです」

「ほう、旅か」

「はい。美しい風景を見、旅先での人情に触れれば、また美しい絵が描けるようになる。清州もその気になっておりました。それで、私はお金を十両渡し、思う存分旅を楽しんでこいと行って送りだしたつもりでいました」

善次郎は息を継いで、

「ところが、清州は旅に出ていなかったのです」

と、忌ま忌ましげに顔を歪めた。

「どうしていたんだ？」

「品川の遊廓に入り浸っているらしいのです。芸者を揚げて、豪遊をしているのです。私は呆れ返りました」

「そうか」

「で、品川まで使いをやったのか」

「いいえ、帰って来るまで待つつもりです。どんな言い訳をするのか。私は言い訳も嫌いです。相手をごまかそうとするんですからね」

「そなたの言い分はわかる。だが、あまりにも、そなたのように考えては生きていくのに窮屈ではないのか」

「はい、仰る通りです。もっとおおらかな気持ちででんと構えたいと思っているのですが、なんとも……」

善次郎は苦しそうに首を横に振る。

剣一郎にも善次郎の気持ちはわかる。だが、そこまで深刻に考えては身が持つまい。ひとは自分が気がつかないうちにひとを傷つけるものだ。善次郎とて、他人から見れば自分で言うところの醜いことをしているかもしれない。

「そなたが言う醜さとは、人間の弱さかもしれぬ。あるいは愚かさだ。醜いと考えず、弱い人間、可哀そうな人間だと思ったらどうだ？」

「弱さ、愚かさですか」

善次郎は呟いた。

「清州にも会ってみよう。邪魔した」

事件の片がつく前に時間を見つけて清州に会ってみようと思った。

夕方に、剣一郎は奉行所に戻り、柴田欣三を与力部屋に呼んだ。

「井村徹太郎どのは心ノ臓を抉られていたそうだな」

剣一郎はまず確かめた。

「はい。突き刺したあと、刃をぐいとまわしていました」

欣三は答える。

「他に打撲があったのだな」

「はい。腹や背中、腕にも何かで殴られたような痕跡がありました」

「井村どのは剣のほうはどうなのだ？」

「そこそこ使えたそうですが、それほど得意ではなかったようです」

「刀は抜いてあったのか」

「いえ、鞘に納まったままでした」

「そうか。すると、不意を突かれたのだな」

「そうだと思います。いきなり、こん棒か何かで背中や腹を殴られ、よろめいたところを匕首で突かれたものと思えます」

相手は侍であっても、ふたり掛かりで不意を突けば、倒すことはさほど難しくないだろう。

井村徹太郎はまったく警戒をしていない。島造はいかつい顔をしているから、そんな男がそばにくれば、多少なりとも警戒したのではないか。もうひとりの男はそれほど警戒されないような顔だったのかもしれない。『呑兵衛』の亭主の印象も薄かったから、どこにでもいるような平凡な顔立ちだったのだろう。

「じつは同じように心ノ臓を抉られた殺しが二件起きた」

剣一郎は口にした。

「ほんとうですか」

欣三は身を乗り出した。

「そのうちの一件は今朝発見された。南伝馬町三丁目にある酒問屋『金子屋』の次男坊で伊之助という男だ。伊之助と井村どのを殺した下手人は同じ男だ」

剣一郎はこれまでの経緯を説明し、

「いっしょに調べた御徒目付の手を借り、改めて井村どのの周辺を調べてもらいたい。まず、『金子屋』との関わりだ」

「『金子屋』ですね。わかりました」

「下手人は島造と名乗ったこともあったが、別の名を使っているかもしれぬ。三十ぐらい。五尺七寸（約一七一センチ）前後で細身。いかつい顔で、額が広く、目尻がつり上がっているそうだ。また、右手の甲に小指から親指のほうにかけて傷跡がある。同い年ぐらいの仲間がひとりいる」

「わかりました。今度こそ」

欣三は意気込みを見せて下がった。

それから、剣一郎は宇野清左衛門のところに行った。

「青柳どの。ごくろうでござる。見通しはいかがかな」

清左衛門はさして期待してないような顔つきだ。いくら剣一郎でも、こればかりはどうにもなるまい。そんな思いが表情から見てとれた。

それは剣一郎の力を見くびっているわけではなく、二カ月間も奉行所と御徒目付が力を合わせて探索に乗り出しながら何の進展もなかった事件を、今さら調べ直しても無駄であり、決して剣一郎の責任ではないと言いたいのだ。

「じつは、今朝、神田明神の裏手で、南伝馬町三丁目にある酒問屋『金子屋』の次男坊で伊之助という男が殺されているのが見つかりました。この殺害の手口が、井村徹太郎どのの殺害手口と同じです。つまり、下手人は同じだと思われます」

「なんと、まだ、あの殺しには続きがあったというのか」

清左衛門は目を丸くした。

「伊之助と井村どのの件が関わりあるかどうかはわかりません。二カ月の開きがあり、下手人も金で殺しを頼まれたと考えられるからです」

剣一郎は柴田欣三に話したのと同じこれまでの経緯を述べ、

「いずれにしろ、下手人の疑いのある男の人相は割れています。その男を捕まえさえすれば、殺しを依頼した人間がわかります」

「殺し屋だとしたら、口を割るまい」

清左衛門が懸念を口にした。

「はい。ですが、殺しを生業(なりわい)にしているものとは思われません。金欲しさに殺しの依頼を引き受けたのではないかと睨んでいます」

それは半紙に書かれた名だ。おそらく、あぶり出しには、南伝馬町三丁目の酒問屋『金子屋』と書かれてあったのではないかと想像しているが、殺し屋稼業なら、半紙に殺す相手の名を書いてもらったり、金を掏られたりするへまはしまい。

島造と名乗った男と仲間はたまたま殺しを依頼されたのだ。もっとも、島造は匕首の扱いに馴(な)れており、かつてひとを殺したことがあるに違いない。だから、殺しを引き受けたのだ。ただ、このことに味を占めて、今後、殺し屋稼業に踏み出す恐れはある。

「さすが、青柳どの。こんなに早く、急展開をするとはおもわなんだ」

清左衛門が感嘆する。

「いえ、たまたま、同じ下手人が殺しをしでかしたまで。私の力ではありません」

「いや、青柳どのが乗り出したからだ」

いくら、偶然だと言ってもと、清左衛門は剣一郎を讃えた。

「宇野さま。まだ、事件は解決したわけではありません。緒に就いたばかりです」

剣一郎は苦笑しながら清左衛門をたしなめた。

五

やっと、春川清州が帰ってきたと、清州の近所の者が知らせてきた。

善次郎はさっそく、清州の家に出かけた。

格子戸を開け、奥に声をかけると、住み込みの婆さんが出てきた。

「清州が帰ってきたそうだな。隠してもだめだ」

善次郎は強い口調で言う。

「上がる」

「お待ちを」

婆さんがあわてて止める。

「誰にも会いたくないそうです」

「私は別だ」

善次郎は強引に上がり、

「二階か」

ときいて、梯子段（はしごだん）を駆け上がった。

「清州。いるか」

思わず、声が強くなる。

障子を開けると、部屋は薄暗い。雨戸が閉め切りだ。廊下からの明かりで、部屋の隅でうずくまっている清州の姿がわかった。

「清州。何をしているんだ？」

「旦那ですか」

やっと顔を向けた。

「そんなところで何をしているんだ？」

「雷が落ちるんじゃないかと……」

「雷？　私のことか」

「………」

「なんで、雷が落ちると思ったんだ？」

「別に」

「別にじゃねえ。こっちに来て、ちゃんと説明しろ」

「旦那」

また、清州は気弱そうな声を出す。

「いいから、こっちへ来い」

「へえ」

清州は部屋の真ん中まで出てきた。

「そこに座れ」

善次郎は目の前に清州を座らせた。

「今ごろは松島辺りを歩いているはずのおまえが、どうしてここにいるんだ？」

「じつは旅に行かなかったんで」

「どこに行っていたんだ？」

「近在を歩き回って」

「近在だと。わかった。じゃあ、返してもらおう」

「何をで?」

清州はとぼけた。

「旅に行かなければ、金は使わなかったはずだ。さあ、返してもらおう」

「そりゃ無理だ。近在だって、金は使う」

「それはもっともだ。だが、一両も使うまい。九両ちょっと残っているはずだ。さあ、返しな」

「旦那。金は……」

「まさか、品川遊廓で使い切ったなんて言うんじゃないだろうな」

「げっ」

清州はのけ反りそうになった。

「清州。おまえに似た男が品川で豪遊していたって噂を耳にした。私はそれは人違いだと言った。旅に出ているおまえが品川で遊んでいるわけはないからな」

「旦那。すまねえ」

清州はいきなり両手を広げて額を畳につけた。

「何の真似だ」

「金は一銭もねえ。つい、品川で」

「あの金の半分は文太郎のものだ。そのぶんも使ったというのか」

「文太郎はいらねえって言うから」

「嘘をつけ。文太郎は知らないと言っていたぞ。それより、なぜ、文太郎に絵の修業をさせなかったんだ。せっかくの機会だったではないか。それを、飯盛女に……」

善次郎は怒りで声が震えた。

「旦那。わかってくれ。俺は美しいものを描けるようになるためには、美しいものを見るんじゃなくて、逆に醜いものを徹底して見てみようと思ったんだ。それには、偽りの世界がいいって……」

「どんな言い訳をするかと思えば、それか」

善次郎は清州の言い訳など聞く気にもならず、

「もう、わしはおまえとは縁を切る。あの十両は手切れ金だと思って諦める」

と、立ち上がった。

「これからは外で会っても他人だ」

そう吐き捨て、部屋を出ようとしたとき、清州が太い声で言った。

「あっしは知っているんだぜ」

「なに？」

善次郎は振り返った。

「旦那が文太郎に何をしたかですよ」

「何を言うか。俺は文太郎のためにいろいろしてきた」

「そうですかえ」

清州は含み笑いをし、

「旦那。文太郎は『山形屋』に戻れるんですかえ」

「何を言うのだ。何もわかりもせずに、よけいなことを言うな」

「文太郎は本当は戻りたがってるんだ。あっしが弟子にとったのは、文太郎のためじゃない」

「じゃあ、どうして文太郎を弟子にしたと言うんだ？」

「旦那が金を出してくれるからですよ。文太郎を弟子にしておけば、旦那が後援してくれるから」

「…………」

善次郎は声が出なかった。

「おまえって奴は……」

「旦那。文太郎があっしの前から去った今、もうあっしには後援をしてくれないことはわかってます。でも、文太郎のことは頼みましたぜ」

不愉快になって、善次郎は清州の家を飛びだした。

醜い。善次郎は何度もそう吐き捨てながら、このまままっすぐ店に帰る気にもなれず、蔵前（くらまえ）の通りに出て浅草（あさくさ）に向かった。

誰も彼も身勝手で、打算で動いている。ひとの心は汚れている。醜い世の中だ。もちろん、すべてがそうではあるまい。だが、俺のまわりは汚れた心の持主ばかりだ。

駒形（こまがた）から並木（なみき）を経て、雷門（かみなりもん）の前にやって来た。賑わっている仲見世（なかみせ）を過ぎ、仁王（におう）門から本堂に向かう。

お参りするときだけ、皆は善男善女になる。が、奥山には芝居の小屋掛けが建ち、水茶屋や楊弓場（ようきゅうば）が並び、お参りをしたあとは歓楽に向かう。

人間とはそういうものだと思いつつも、善次郎はなんともやりきれない。

本堂で手を合わせているひとに押され、弾き飛ばされる。自分だけがいい場所で長い時間、お参りをしたい。そう思う連中ばかりで、混雑している堂内は押し合いへし合いだ。怒鳴り声や悲鳴が飛び交う。

ここに集まっているのは決して善男善女ではない。またも汚いものを見たような気がして、一目散に退散した。

本堂を出たとき、善次郎はあっと思った。人ごみの中に、ひとりの男の姿が浮かび上がった。

似ている。三十ぐらい。細身の男だ。善次郎は男のあとをつけた。

随身門を出て、右に折れるときに顔が見えた。いかつい顔で、額が広く、目尻がつり上がっている。間違いない、島造と名乗った男だ。

北馬道町に入った。そして、辻を曲がる。遅れて、辻に到着したが、島造が曲がった方角に人影はなかった。

気づかれた気配はなかった。どこかの家に入ったのだ。だが、どこかわからない。島造の隠れ家か、それとも誰かを訪ねたのか。

このまま歩いていくと、家の中から見られてしまうかもしれない。しかし、どのような家が並んでいるのか、見てみたい。

いったん、その場を離れ、他で四半刻（三十分）ほど時間を潰し、善次郎は改めて島造が消えた小道に入った。

左右に気を配る。小商いの店も並んでいるが、しもたやも多い。突き当たりまで行ったが、特に気になる家はなかった。

その夜、夕餉のあと、善次郎は早々と寝間に入って横になった。

おひさがやって来て、

「どうなさいましたか。具合でも？」

と、心配してきいた。

「いや。少し歩き回ったので、疲れただけだ」

起き上がって、善次郎は言う。疲れは体だけでなく、気持ちのほうが大きいのかもしれない。

善次郎は足を伸ばし、股を叩き、

「ぱんぱんだ」

と、苦笑した。

「徳市（とくいち）さんに来てもらいましょうか」

徳市はときたまかかる按摩（あんま）だ。

「そうだな。呼んでもらおうか」

「はい」

おひさは部屋を出て行った。

それからしばらくうつらうつらしていて、おひさの声で起こされた。

「徳市さんが見えましたよ」

「そうか」

善次郎は半身を起こした。

「旦那。お久し振りでございます」

徳市は瘦せて小柄な男だ。顔も貧相だが、按摩の腕はよかった。

「じゃあ、徳市さん、お願いしますね」

「へい」

おひさが出て行ってから、

「じゃあ、やってもらおうか」

善次郎はうつ伏せになった。

「だいぶ凝ってますな」

「うむ」

「徳市は座頭(ざとう)になったのか」

「とんでもない。まだ、市名(いちな)のままでございます」

　盲人の集まりである当道(とうどう)には官位があり、上から「検校(けんぎょう)」、「勾当(こうとう)」、「座頭」、「紫分(しぶん)」、「市名」、「都(はん)」と分かれている。

「市を名乗ってからだいぶ経つではないか」

「官位を得るためには、それなりのお金がかかります」

　腰をもみながら、徳市が答える。

「金がないと昇進は難しいのか」

「はい。『検校』から『都』まで六つに分かれていますが、これだけじゃございません。それぞれが、またさらに九つに分かれています。私は『市名』になりましたが、まだ五段階。『座頭』になるまで何年掛かるやら」

「しかし、おまえさんより若い按摩が『座頭』だったが」

「それはお金ですよ。お金を出せば、いっきに何段も上がることが出来ます」

「金か」

　善次郎は呟く。

「なんでもお金で買えます」

「そうだな、ひとの命も金で……」

「えっ？」

「いや、こっちのことだ」

さっき見かけた島造のことを思いだしたのだ。島造は三十両で、何者かに頼まれて伊之助という男を殺したのだ。

「なんでも金で買える世の中はほんとうにいいものかな」

「いい面も悪い面もありましょう」

「いい面があるか」

「はい。身分の低い者、あるいは私らのような者でも、金さえあれば、出世をし、ひとを従えることが出来ます」

「それがいいことか」

「はい。世間から邪魔者扱いされ、役立たずとののしられることもないのですから」

徳市は悔しそうに言う。

「徳市、何かあったのか」

「いえ、なにも」

「隠すな。今の言葉に険があった」

「いえ、そのようなことは……」

「さしずめ、おまえより若い者が金の力でおまえを追い越していった。そうではないか」

「…………」

徳市から返事がない。

「おお、手がお留守だ」

もみ療治の手が休んでいた。

「あっ、すみません」

あわてて、指先に力を入れる。

「どうやら、図星らしいな」

「へえ。まあ、そんなところで。人間、位が上がれば、ひとを見下すようになります。そんな者でも、位が上がったことで実入りもよくなる。いやな、世の中でございます」

「そうだろう」

善次郎は応じて、

「ほんとうに、世の中は醜い。どんなに美しく着飾っていても、一皮剝けば……。いや、よそう。胸糞悪くなる」

「旦那。ずいぶん体が凝ってますが、これは心が凝っているんじゃないですかえ」

「わかるか」

「へい、わかります」

徳市は頷き、

「いやなことを歯を食いしばって我慢するために変なところに力が入ったりして、体のあちこちに悪く働いているようです」

「徳市。目が見えなければ、汚いものを見ずに済むのか」

「同じでございますよ」

「同じ?」

「確かに、汚い景色は見えません。でも、世の中を見るのは顔についている目ではありません。心の眼です。それは、旦那も私も同じだと思います。旦那が汚いと思うものは、私も同じように汚く思います」

「そうか」

「旦那。正直に申し上げます。この凝りようは普通じゃありません。よほどのことがあったんじゃありませんか。いえ、些細なことの積み重ねかもしれませんが」

「わかるか」

「はい。こうしてお体に触れていますと、心の中まで見通せます。よろしかったら、お聞かせください。話すことで、少しは気持ちも晴れ、体の凝りもほぐれましょう」

「そうだな」

徳市の指がツボに入り、うっと声を上げる。

「先日のことだ。お店に三十両の金が置き忘れてあった。持主を探すために、店の外に貼紙をしたところ、十人以上の者が名乗り出た。あわよくば、金を手に入れようとしたのだ。身なりの立派な者もいた。皆、とってつけたような理由をいう。そのあさましさに、げんなりした。ひとりやふたりならまだいい。そんな連中が店の前に列をなしていた。その醜い姿に、心が冷えた」

「はあ、人間なんて、そんなものですかねえ」

徳市が言う。

「それだけじゃない。まだ、ある」

善次郎は島造の話は割愛し、

「ある男が旅に出ると言うので十両を渡した。ところが、その男は品川遊廓に居続け、豪遊し金を使い果たして帰ってきた。そこでまた、見苦しい言い訳をする。そんなことが続き、人間不信に陥った」

「そんなふうにお考えになるのは昔からですかえ」

「いや。ここ二年ぐらいだ。世の中の醜さが目につくようになったのは……」

「そうですかえ」

ふと、徳市の指の力が弱くなった。

「あっ、すみません」

あわてて、徳市は指先に力を込めた。

「この二年で何かありましたかえ」

「いや、なにもない」

なにもないはずだ。死んだ兄貴から店を託され、その後は商売に励み、『山形屋』をここまで大きくした。それこそ、寝食を忘れ、お店のために働いてきた。

商売の上でも、特に変わったことはない。

「差し出がましいようですが、ここ二年で、旦那に何かあったとしか思えません。旦那が自分では気づかない何かですよ」

「…………」

「旦那。今、気がかりなことはないんですかえ」

「商売ではない。だが、自分のことでは気がかりなことはたくさんある。伜の嫁のこと、娘の婿のこと……」

「もっと何か気に病むようなことがおありじゃないですかえ。きっと、旦那自身もそのことに気づいていないのかもしれません」

まさか……。善次郎ははっとした。

「旦那のお体を揉みながら、あっしの指先は旦那には屈託があることを探り出しました。それが、旦那の心から余裕を失わせているんじゃないでしょうか。それが、悪さをして、旦那に醜い世界を見せているんじゃないでしょうか」

「もういい」

善次郎は徳市の声を遮(さえぎ)った。

「按摩もいい。だいぶ楽になった。向こうで金をもらってくれ」

「旦那。何か、お気に障るようなことを?」

徳市は見えない目を不安そうに向けた。

「そうじゃない。気にするな。少し、ひとりになりたいのだ」

「さようで。では、私は……」

徳市が部屋を出て行ってから、善次郎は改めて二年前に何があったかを考えた。文太郎が二十歳になった年だ。

善次郎は茫然と虚空を見つめていた。

第三章　殺しの依頼

一

その日の朝、剣一郎は年寄同心詰所に柴田欣三と植村京之進を呼んで、これまでの捜索の成り行きを聞いた。宇野清左衛門も同席をした。

「勘定吟味方改役井村徹太郎の私事についてですが、井村どのは評判通りの堅物で、独り身ではありますが、女遊びとは縁がありませんでした。また、特に、いかがわしい人間とつきあっている様子もありません。ひとと争うような人間ではないことから恨みを買うようなこともなく、どうしても私事からは殺された理由は浮かび上がってきません」

柴田欣三が口を大きく開けて話した。

「深川に足を運ぶわけも誰も知らないのだな」

剣一郎はきく。

「はい。井村どのと親しい朋輩も、井村どのの母親も知らないとのこと。ただ、朋輩のひとりが、井村どのは何か悩んでいたようだと言っていました」

「悩んでいた？」

「はっきりしたものではなく、ときおり、ぼんやりしていることがあり、考え込んでいるようだったと」

「何か屈託を抱えていたというのは重要な手掛かりかもしれぬな」

やはり、徹太郎に何かあったのだと、剣一郎は考え、

「深川で、井村どのを見たという者は見つかったか」

と、きく。

「いえ。侍を見たという者はおりましたが、井村どのではありませんでした。ただ、入船町の木戸番の男が島造らしき男を見ていました」

「二カ月前のことなのによく覚えていたな」

「夜回りのとき、暗闇の中にうずくまっていたので声をかけたそうです。気分が悪くなったので休んでいたと答えたそうです」

「島造だとすると、そこで井村どのを待ち伏せていたのかもしれぬ。理由はわからないが、井村どのが深川に行ったことは間違いないのだ。無駄かもしれぬが、

入船町を一軒一軒調べるのだ。井村どのが訪れた家があるかもしれぬ」

「はい」

「その後、勘定吟味役のほうでは、何か特別な動きはないのか。動いているとしたら、勘定奉行勝手方の不正に絡むことだろうが？」

　宇野清左衛門が口をはさむ。

「はい。そのような動きはありません。大きな土木工事の予定もありません。ちょっとした工事はいくつかありますが、どれも動く金はそれほどではありません」

　欣三は答える。

「不思議だのう。役儀のことでも私事でもない。そんなことがあるのか」

　清左衛門が疑問を口にする。

「何か見落としがあるのです」

　剣一郎は鋭く言う。

「見落としか」

　清左衛門が唸る。

「見落としは、役儀の面にも私事の面でもありえます」

　剣一郎は役儀の面もまだ諦めるべきではないと言い、

「もし、役儀によって井村どのが何かを探っていたのだとしたら、宇野さまが仰ったように勘定奉行勝手方の不正であろう。不正があるとすれば、商人との癒着だ。不正がないと考えるより、不正があったとの前提で調べてみるのも手かもしれぬ」

「不正があったとの前提で？」

　欣三は当惑したようにきく。

「そうだ。さっきも言ったように、わしはこの事件では何か大きな見落としをしているような気がしてならない。その見落としは思い込みから来ている」

「役儀のことでは何もなかったというのを、まず疑ってかかるのでございますね」

　欣三が確かめる。

「そうだ。やはり、井村どのは何かを調べていた。そう考えて、調べるのだ」

「畏まりました」

「もちろん、もっとも大事なのは下手人の探索だ。下手人は島造であろうと思われるが、証があるわけではない。島造を捕まえたとしても、しらを切られたら為す術もない。島造と井村どのの接点を見つけることだ」

「畏まりました」

欣三は力強く応じた。

「さて、伊之助のほうだ」

剣一郎は京之進に顔を向けた。

「はっ」

京之進がやや前のめりになって口を開いた。

「伊之助は神田明神境内にある水茶屋の娘をくどいており、娘の仕事が終わるのを待っている間に襲われたことは間違いありません」

京之進は蔑むように、

「伊之助はかなりの遊び人で、すぐ女に手を出すような男だったようです。そのために、女絡みの問題を幾つか起こしていました」

伊之助は南伝馬町三丁目にある酒問屋『金子屋』の次男坊であり、商売を手伝わず、遊び呆けていたらしい。

「伊之助を恨んでいる者は多いということか」

剣一郎はきいた。

「音曲の師匠とつきあいながら、料理屋の女ともつきあい、あげくふたりともゴミ屑のように捨てたこともあったそうです」

「とんでもない男だな」

「見かけも悪くなく、金もあるので、女は簡単にくっついていったようです。伊之助に捨てられた女三人に当たってみました。殺したいほど憎いと一様に言ってましたが、ほんとうに殺しを企てたとは思えません。それより、伊之助に弄ばれた女の中でもっとも悲惨な例がありました」

京之進は憤慨したように続ける。

「伊之助は他人のかみさんにも手を出しています。大工の多吉のかみさんのおゆうです。おゆうは二十五歳で、近所では評判の器量良しでしたが、たまたま伊之助が町でおゆうを見かけ、声をかけたそうです。それから、伊之助とおゆうは出来てしまったといいます。おゆうは伊之助に夢中になり、とうとう多吉のところを飛び出し、築地明石町に借りていた伊之助の家に入り浸ってしまいました。三カ月前のことです」

剣一郎はおゆうの動きに呆れ返った。

「仕事一途の真面目だけが取り柄の多吉より、金があって遊び人の伊之助のほうに魅力を感じてしまったのでしょう。一度、酔っぱらった多吉が、女房を返せと『金子屋』に乗り込んできたことがあったそうです。番頭たちが取り押さえて自身番に連れて行ったそうですが、自身番でも一晩中、多吉は喚き通しだったそうです」

「多吉は乱暴な男なのか」

剣一郎は確かめる。

「いえ。ふだんはあまり酒も呑まず、呑んでも乱れず、おとなしい男だったそうです。そんな男が『金子屋』に乗り込んだのですから、かなりの怒りだったのでしょう」

「多吉は、かみさんが伊之助といっしょだということは知っていたのか」

「家を飛びだす前に、おゆうは多吉に別れ話を持ちだしていたようです。そのとき、伊之助の話が出たと多吉は言ってました」

「なるほど。おゆうは覚悟を固めて、伊之助のところに行ったというわけか」

「はい」

「しかし、おゆうは伊之助に捨てられたのか」

「そうです。伊之助は気に食わないことがあると、すぐおゆうに殴る蹴るの乱暴を働いたそうです。ふたりの関係は一カ月足らずで終わり、伊之助と別れたおゆうは多吉のもとに帰りました。が、多吉は許さなかったそうです」

「そうか。多吉は許せなかったのか」

剣一郎はやりきれないように言う。

「結局、夫婦別れをしてしまいました」

「伊之助はふたりの人生を奪ってしまったわけか。で、その後のふたりは？」

「それが」

京之進は言いよどんだ。

「どうした？」

「はい。おゆうは深川の岡場所で働いているそうです」

「なんと」

「多吉は呑んだくれて……。大工の仕事もしくじって」

剣一郎はため息をついた。

「では、今は仕事は？」

「ほとんど、していません」

「おゆうはなんという見世にいるのだ？」

「深川佃町の『扇家』という遊女屋にいます」

「佃町？　おゆうは器量がよいのではないのか。ならば、もっと上等な場所で働けたのではないか。なぜ、佃町なんだ？」

「それが、伊之助の乱暴によって顔に傷が……」

「なんということだ」

剣一郎は唖然とするしかなかった。

「器量がいぶんだけ、傷が目立ち、上等なところでは働けなかったそうです」

「はい。すっかり、荒んだ感じでした。伊之助が死んだと告げても、顔色を変えませんでした。伊之助のことは忘れたと言っています。念のために見世の女将や遣り手婆にも訊ねましたが、島造らしき男は現われていません」

「そこで、おゆうと島造が出会ったとしても、おゆうには三十両の金は出せまい」

清左衛門は痛ましげに言う。

「はい。おゆうは見世にも借金はしていません。伊之助をもっとも憎んでいるとしたら、おゆうと多吉ですが、ふたりには殺しを依頼する金は用立てられません」

「そうか。しかし、その他に、まだ恨みを持っている人間がいるのだろうか」

剣一郎は首を傾げた。もし、殺したいほど恨みを持っているとしたら、調べですぐわかるのではないか。

「伊之助の件と井村徹太郎の件は関わりはどうなのだ?」

清左衛門がきいた。

「いまのところ、浮かび上がってきていません。『金子屋』と勘定吟味方とに結びつきは見当たりません」

欣三が答える。

「私のほうの調べでも両者に関わりは見つかりませんでした」

京之進が答えた。

「おそらく、ふたつは別々の依頼人によるものであろう。したがって、一方を解決すれば、他方も片がつく」

剣一郎はそうふたりを励ました。

「もし、探索に手が必要なら出す。いつでも言ってくるのだ」

清左衛門が話し合いを締めくくるように言った。

京之進と欣三が先に探索に出たあと、剣一郎も奉行所を出た。向かった先は、南伝馬町三丁目にある酒問屋『金子屋』だ。

自分でも、確かめておきたいことがあった。

京橋を渡ると、南伝馬町三丁目である。大店が軒を並べている。『美濃屋』という紙問屋の先に『金子屋』があった。

二階の屋根に、杉の葉を束ねて丸くした酒林が吊るしてある。

伊之助の葬儀が済んだ翌日から店は開いていた。

剣一郎は店先に立ち、手代に声をかけた。

「主人に会いたい」

「はい。少々、お待ちを」

名乗る前に、手代は小走りで奥に向かった。

すぐに、手代が戻ってきた。

「どうぞ、こちらに」

剣一郎は客間に通された。

待つほどのこともなく、主人の伊右衛門がやって来た。

「青柳さま。ごくろうさまでございます」

差し向かいになって、伊右衛門が口を開く。

「植村京之進からいろいろきかれ重複すると思うが、私からも訊ねたいことがある」

「下手人を見つけ出すためです。なんでもお訊ねください」

伊右衛門は五十半ば。ふっくらとしていた面影があるが、年とともに痩せていったらしく、頬の肉が落ちていた。

「さっそくだが、伊之助を恨んでいる者について訊ねたい」

京之進が調べ上げた以外にもいるかもしれない。あるいは、あとから思いだした人間もいるかもしれない。そう思ってきいた。

「お恥ずかしい話ですが、伊之助は女たらしでした。どうして、あのような伜が出来たのか、慙愧(ざんき)に堪(た)えません。とはいえ、私にとっては伜に変わりはありません」

そう言ってから、

「伊之助がだました女は五人おります。植村さまにお話ししたとおりでございますが、中でももっとも恨んでいると思うのは、大工の多吉とおゆうです」

「多吉はここに乗り込んできたそうだな」

「はい。おゆうを返せと、凄まじい剣幕でした。そのとき、私は改めて、伊之助の罪の深さを知りました。ひとのかみさんにまで手を出したのかと」

伊右衛門は目を伏せた。

「それまでは、独り身の女か妾でした」

「妾もいたのか」

「はい。元芸者上がりでした」

「旦那は？」

「病に臥せって、ほとんど会いに来ていなかったそうです。だから、寂しくて、伊之助の誘いに乗ってしまったのでしょう」

「その旦那は、伊之助と妾の仲を知っているのか」

「知らないと思います」

「妾はどうしている？」

「伊之助を追いかけまわして、ここにも来ましたが、今は諦めたようです」

「妾に怪しいところは？」

「ないと思いますが」

にきく。

「このことは植村京之進にも話してあるのだな」

「はい」

京之進があえて口にしなかったのは、無関係と思ったからだろうが、念のため

「この妾が伊之助を恨んでいるということはないか」

もう一度、きく。

「ないと思います」

「どうしてだ？」

妾なら、三十両を出せるかもしれないと思ったのだ。

「旦那が病から回復したのと、妾とは一年前のことでしたから」

「一年前か」

気になることは調べておかねばならない。

「念のためだ。その妾の名を覚えているか」

「おふじさんです。家は今戸だと聞きました。旦那は米沢町の薬種問屋……」

その名を頭に入れてから、

「ところで、大工の多吉とおゆうのことだが、その後、ふたりがどうなったのか

知っているか」

「はい。教えてくれるひとがいました。おゆうさんは岡場所に身を沈め、多吉さんは仕事もせずに、酒びたりの日々だとか」

伊右衛門は苦悶の表情をし、

「おゆうさんか多吉が伊之助を殺したのでしょうか」

「いや、わからない。依頼人は下手人に金を払って殺しを頼んだと思われる。下手人は島造という男とみている。三十両だ。そんな金が、ふたりにあるとは思えぬ」

「三十両？」

伊右衛門が目を剝いた。

「誰かが三十両で伊之助を殺すように頼んだということですか」

「そうだ。逆にいえば、伊之助を殺したのは三十両を払えた人間ということになる」

「…………」

伊右衛門は押し黙った。

「どうした？」

「伜の命が三十両かと思いまして……」

伊右衛門はため息混じりに言った。

「何か思いだしたことがあったら、なんでも知らせてもらいたい」

剣一郎は『金子屋』を辞去した。

外に出たとき、風が出ていることに気づいた。風烈廻り掛かりとして、気にかかりながら、今戸に向かった。

二

夕陽が家々の屋根をかすめて射している。文太郎がきょうも売れ残った文庫の荷を背負って伊勢町堀(いせちょうぼり)に差しかかったとき、商家の手代ふうの男から声をかけられた。

「失礼でございますが、文太郎さんでございますね」

自分と同い年ぐらいの男だ。

「はい。文太郎でございます」

荷を背負ったまま、文太郎は答える。

「私は『美濃屋』の手代でございますが、手前どもの主があなたさまと少し、お話がしたいと申しております」

『美濃屋』とは縁がない。当惑していると、

「どうぞ、こちらに」

と、返事もきかずに先に立った。

わけがわからないまま、文太郎は手代のあとについていく。小さな稲荷社の前に茶屋があり、縁台の緋毛氈（ひもうせん）に恰幅（かっぷく）のよい四十絡みの男が座っていた。

手代はその男の前に文太郎を連れて行った。

男が立ち上がり、

「『美濃屋』だ。すまなかったね。さあ、そこに腰掛けて」

と、挨拶をした。

「いったい、私に何の用でしょうか」

「気になるのも無理はない。ちょっと、確かめたいことがあってね。さあ、座って」

「はい」

文太郎は天秤棒を肩から下ろし、美濃屋の近くに腰を下ろした。

婆さんが注文をとりにきた。

「甘酒を」

美濃屋が呑んでいたのと同じものを頼んだ。

「お話とは？」

婆さんが下がってから、文太郎はきく。

「文太郎さんは、『山形屋』の文治郎さんの息子さんだね」

美濃屋が口を開いた。

「そうです」

「文治郎さんが亡くなったあと、お店を弟の善次郎さんが仕切っているね」

「はい」

「じつは、『山形屋』の番頭だった者から、それは文太郎さんが二十歳になるまでという約束があったと聞いた。つまり、文太郎さんが二十歳になったら『山形屋』を返すということだ。おまえさんは、いまいくつだね」

「二十二です」

「なら、もう『山形屋』にいなければならない。なのに、どうして、行商をしているんだね」

「はい。商売を覚えるためです」

「ほう、商売をね」

「はい。叔父から、そう言われました。まだ、お店に出るのは早いと」

「すると、いずれは『山形屋』に戻ることになるのか」

「はい。そうだと思いますが」

「そうだと思う？」

美濃屋の目が鈍く光った。

「はい。まだ、叔父からは、そのことについてなにも聞いていないので」

「聞いていない？」

美濃屋は首を傾げた。

「おかしいね。善次郎さんはどう思っているのだろう」

「ですから、まず商売を覚えろと」

「おまえさんは、『山形屋』に戻るつもりでいるんだね」

「はい。そのつもりでいます。あの家は私が生まれ、父と母と暮らしたところですから」

「何かあやふやのまま来ているね」

美濃屋は顔をしかめた。

「おまえさんもいけないよ。こういうことは、はっきりさせておかなくては。口約束だけで済ましてはならないよ。いついつまでに『山形屋』に帰るか、あるいは『山形屋』を離れるのか」

「離れる?」

文太郎は眉根を寄せた。

「いえ、『山形屋』は父のものです。母も帰りたがっています。いつか、私は帰るつもりでいます」

「ならば、はっきりさせなくてはだめだ。いいかね、善次郎さんには善吉という息子がいる。善吉さんにも、このことをわかってもらわなくてはいけない」

美濃屋は諭すように、

「仮にだ。もし、善次郎さんに万が一のことがあったら、どうするつもりだ?」

「…………」

「約束をした人間がいなくなったら、もめてしまうかもしれない」

「はい」

「わかったら、明日にでも話し合いに行ってくるのだ」

「わかりました」

　文太郎は頷いた。

「おや、甘酒が冷めてしまったな。さあ、呑みなさい」

　いつの間にか、甘酒が置いてあった。話に夢中になっていて、気づかなかったのだ。

「美濃屋さん。おききして、よろしいでしょうか」

　甘酒をすってから、文太郎はきいた。

「美濃屋さんは、このことに関わりがあるのでしょうか」

「まあ、あるといえばある」

　美濃屋は曖昧な言い方をした。

「さあ、私は先に引き上げる。ゆっくり呑んでいきなさい」

　文太郎は深くため息をついた。

『山形屋』に戻りたいという望みを述べたとき、叔父は商売を覚えろ、すべてはそれからだと言った。

　逃げているような気がしたが、それでも文太郎は叔父を疑ったことはない。父の弟なのだ。

父は叔父のことを、「人間的にもよく出来た男だ」と言い、全幅の信頼を置いていた。自分にもよくしてくれる。そんな叔父を疑ったことはない。

二十歳になっても店を任せようとしないのは、自分にはまだ店を取り仕切る器量がないからだと思っている。一時は絵師の春川清州に師事し、絵を描くことに夢中だった。その援助もしてくれたのだ。

二、三年行商をして商売を覚えてからでも、遅くない。叔父はそう考えているのだ。

だが、美濃屋の言うことも一理ある。そんなことないと思うが、叔父に万が一のことがあれば、約束はなかったことになってしまうかもしれない。

よし、明日、叔父と話し合おうと、文太郎は決心した。

その夜、夕餉のあと、文太郎は美濃屋から言われた話を母にした。

母はじっと聞いていたが、

「確かに、そのとおりだよ。おとっつあんが亡くなるとき、叔父さんにお店を守って、文太郎が二十歳になったら継がせてもらいたいと頼んだ。でも、証文を取り交わしたわけではない」

「二十歳になって、叔父さんに会いに行ったら、まだ早いと言われた。あれから二年経ったけど、まだ商売の勉強をしなきゃだめだと言われた。でも、叔父さんはおとっつあんとの約束は忘れていなかった。でも」

文太郎は少し不安な気持ちになって、

「もし、叔父さんに万が一のことがあったら」

と、やはり美濃屋の言葉が気になっている。

「それに、善吉がどう思っているのか」

「そうだね。確かに、はっきりさせておいたほうがいいかもしれないね」

母も思いつめたような目で言う。

「明日、叔父さんと話し合ってくる」

「おっかさんも行こうか」

「いいよ。だいじょうぶだ。叔父さんは俺にはやさしいから」

文太郎は母を安心させるように言う。

翌日、『山形屋』の前に、文太郎はやって来た。片肌脱いだ人足が大八車に荷を運んでいた。店は活気に満ちている。

その脇を抜けて、文太郎は土間に入った。帳場格子に座っていた番頭の伊佐吉が顔を上げた。

「これは文太郎さんじゃありませんか。何か御用ですか」

慇懃無礼な態度で、伊佐吉が言う。三十過ぎの顔ののっぺりした男だ。

「叔父さんに会いに来た」

文太郎は言う。

「旦那にですかえ」

わざわざ旦那と言い換えて、

「少々、お待ちください」

と、微かに口許を歪めて奥に向かった。

複雑な思いで店の中を見回していると、叔父の善次郎がやって来た。

「文太郎。わざわざ店から来ないで、向こうから入ってくればいいんだ。さあ、上がれ」

「いえ。ここでお聞きします」

「商売の邪魔になる。さあ、上がれ」

叔父はそう言い、さっさと奥に向かう。客や奉公人にきかれるのが、さすがにいやなのだろう。

文太郎はあわてて板の間に上がり、叔父のあとを追う。

叔父が通したのは客間だった。

「叔父さん。なんで客間なんだ？」

文太郎は不審そうに言う。いつもは居間や茶の間、つまり家族同然だったのに、きょうはどこかよそよそしい感じがする。

「そんなことより、きょうはなんだ？」

何か違う。叔父が別人のように思えた。

「なにって……」

「すまないが、忙しいんだ。用があるなら早く言っておくれ」

「お店の件です」

「お店の？」

「ええ。そろそろ私に返してもらう時期をはっきりさせておいたほうがいいんじゃないかと思いまして」

「時期？」

叔父はとぼける。

「そうです。私がここに戻ってくる時期です」

「文太郎。頭を冷やせ」

「ここは俺の家だ」

文太郎はついむきになった。

「今は違う」

「違うってどういうことだ？　俺が二十歳になったら、ここを返すというおとっつあんとの約束だったはずだ」

「文太郎。おまえ、何か勘違いしてないか」

叔父はかつて見せたことのない冷たい表情で言う。

「勘違いだと？」

文太郎はむっとなった。

「そうだ。この店をここまで大きくしたのは誰だと思っているんだ。そのぐらい、おまえにもわかるはずだ。俺だよ。俺がここまで店を大きくしたんだ」

「…………」

文太郎は返事に窮した。

「おまえにこの店を守っていく自信はあるのかえ。太物商の商売のイロハだって知らないはずだ」

「これから勉強する」

「何年掛かると思っている」

「番頭や手代がちゃんとやっていってくれる」

「本気でそう思っているのか」

叔父は含み笑いをし、

「ど素人のおまえが主人面をしても、番頭たちは動きはせんよ。かえって反発を招き、仕事をしなくなる。そしたら、こんな店なんかあっという間に傾く」

「叔父さん。番頭さんたちには話していないのか。俺がこの店を継ぐということを？」

「話す必要はない」

「叔父さん。あんたは最初からそのつもりで、俺たちを……」

文太郎は片膝を立てた。

「なんだ、その態度は？　叔父に対して何をしようって言うんだ」

叔父が険しい顔になった。

「いいか、叔父さん。この店はおとっつあんのものだ。叔父さんは、俺が大人になるまで預かっていたに過ぎないんだ」

「文太郎。勝手な理屈をこねるんじゃない。俺は兄貴から、この店を頼まれたんだ。だから、俺が守ってきたんだ」

「おとっつあんは、この店と俺のことを頼むと言ったんだ。二十歳になったら店を文太郎に渡してくれ。それがおとっつあんの遺言だ」

文太郎が十二歳のとき、父は重い病気に罹(かか)った。どんどん痩せて行き、自分でも覚悟を決めたのか枕元に叔父を呼び、文太郎が二十歳になるまでこの店を頼むと言った。当時、叔父は自分が婿に行った浜町の古着屋がうまくいかなくなって、かなり借金があったらしい。その借金を父が返してやることを条件に、叔父は父と約束をしたのだ。

「自分が店を継ぐ気があったなら、どうしてここから出て行ったんだ？」

「なんだって」

文太郎は耳を疑った。

「商売を継ぐ気があるなら、おまえはこの家を出るべきではなかった。継ぐ気はなかったと思われても仕方ない。それを今になって店を返せなどとは通用しない」

「だって、叔父さんが少し世の中を知るためにここを出て暮らしたほうがいいって言ったんじゃないか。絵描きの勉強がしたいなら、いい絵師を紹介すると。だから、俺はここを出て行ったんだ」

「おまえはそこで何をした？」

「何を？」

「そうだ。何をしていた。春川清州に師事したということは、絵師になるということだ。だから、俺はもうおまえは店を継ぐ気がないのだと思った。いいか、おまえにはずっと暮らしが立つように援助してきたのだ。そのことを忘れてもらっては困る」

「そんな」

父が亡くなって、叔父が『山形屋』に入った。しばらくして、叔父はこういったのだ。

「商売は二十歳になってからでも覚えられる。それより、若いうちは好きなことに励んでみたらどうだ。知り合いに絵師がいる。その者に弟子入りをしたらどうだ」

叔父の勧めで、文太郎は春川清州という浮世絵師に弟子入りをした。だが、文太郎は本気で絵師になるつもりはなかったし、絵師だけで食べていけるとは思ってもいなかった。

「おまえは、絵師になるためにここを出て行ったのに、絵師がだめだとわかると、ここは自分が継ぐことになっていたなどと言い出す。それは、あまりにも虫がよすぎるというものだ」

「違う。嘘だ」

文太郎は喚くように言う。

「文太郎。おまえの言い分は世間さまには通用しない。仮に、おまえのごり押しが通ったとしても、おまえが『山形屋』を守って行くのは無理だ」

「じゃあ、おとっつあんが遺した財産を返せ。この屋敷も店も俺が受け継いだものだ」

「おまえにはそれだけのことをしてある。母親とふたり暮らしをしてからの生活費も出してやったんだ」

「微々たるものだ。おっかさんは内職をしているんだ」

「おまえを預かってもらうために絵師の春川清州にも金を使っている。あの男の絵を買ってやった。みんな、おまえのためにしてやったんだ。おまえに文句を言われる筋合いはない」

「叔父さん、知っているんだ」

文太郎は吐き捨てるように言う。

「何をだ？」

叔父は眉根を寄せた。

「叔父さんがやっていた古着屋だよ。赤字続きで、店を畳んだそうじゃないか。抱えた借金は『山形屋』の金をかなり注ぎ込んで返したって」

父の代からいた番頭が叔父に追い出されたあと、文太郎を訪ねてきて教えてくれた。『山形屋』に入ったあと、叔父は自分の息のかかった者を奉公人にした。

「誰から吹き込まれたかわからないが、出鱈目だ。それより、兄貴、おまえのおとっつあんが病に臥してから、店の売上は落ちていったんだ。それを俺が立て直した。俺がいなかったら、『山形屋』は潰れていた。おまえたち母子は路頭に迷っていた。俺のおかげで、そうならずに済んだのだ」

口では叔父には敵わなかった。また、父の弟という思いもあり、かっとなっても自制した。

「文太郎。はっきり言おう。この家にはもうおまえの居場所はない。だが、おまえは俺の甥だ。金が欲しいならいつでもいって来い。少しぐらいなら、めぐんでやってもいい」

屈辱から顔がかっと熱くなった。だが、言い返すことが出来なかった。

「叔父さん。この店は……」

文太郎は声が震えた。

「やっぱり、善吉に継がせるのか」

「文太郎。おまえの先のことは改めて相談に乗ろう。だから、よけいなことを言うんじゃない」

叔父は立ち上がった。

「さあ、話は済んだ」

「汚え。汚え」

文太郎も立ち上がって言い返す。

「なんだと。汚いだと。失礼なことを言うな。汚いのはどっちだ」

文太郎は逃げるように『山形屋』を退散した。涙で町の景色が滲んでいる。悔しさと怒りがないまぜになっていた。

おっかさんになんて言おう。叔父さんはこっちに店を譲る気はないと正直に言うべきか。落胆する姿を見たくなかった。

神田佐久間町にある長屋に帰ってきた。

「ただいま」

文太郎は空元気を出して戸を開けた。

仕立ての仕事をしていた母は手を休め、

「お帰り」

と、声をかけた。

流しの横で水瓶から杓（ひしゃく）で水を汲んで喉を鳴らして飲んだ。叔父と話してい
て、喉がからからになっていた。

「何かあったのかえ」

母がきいた。

「えっ、どうして？」

文太郎は驚いてきき返す。

「なんだか背中が怒っているようだから」

「そんなことないよ」

「ひょっとして、『山形屋』で何かあったんじゃないのかえ」

「違うよ」

文太郎は言ったが、母の眼力に驚いた。

文太郎は俯いた。

「どうしたんだね。叔父さんが何を言ったんだね」

「叔父さんは……」

文太郎は言いよどむ。

「文太郎。はっきりしなさい」

母がいらだったように言う。

「叔父さんはこう言ったんだ。商売を継ぐ気があるなら、おまえはこの家を出るべきではなかった。継ぐ気はなかったと思われても仕方ない。それを今になって店を返せなどとは通用しないって」

「まあ」

母は目が眩んだように倒れかけた体を畳に手をついて支えた。

「おっかさん、だいじょうぶか」

「だいじょうぶだよ」

母は大きく息を吐いてから、

「じゃあ、やっぱり、叔父さんは善吉に店を……。ほんとうなら、おまえが『山形屋』の主人になっていたのに、あのひとに乗っ取られてしまった」

母が悔しそうに言う。

「おっかさん。叔父さんは最初から俺たちを追い出すつもりだったんだ」

文太郎は抑えていた怒りが蘇った。

「おとっつあんはなぜ、あんな奴にあとを託したりしたんだ。いくら弟だとはいえ、あんな男に……」

文太郎は悔しかった。

「文太郎。堪忍してね。おっかさんがもっとしっかりしていれば、こんなことにならなかったかもしれない。あの家にいれば……」

最初、文太郎だけが、絵師の春川清州の家に住み込んだ。母は『山形屋』に残っていたのだ。そこで、いずれ文太郎を迎えるつもりだった。母をものにしようとしていたが、叔父は毎晩、母の寝間にやってきたという。

た。母は危険を察して、家を出ることにしたのだ。

叔父のやり方は卑劣だった。兄嫁に手を出そうとする叔父は鬼畜にも劣る。その話も、先の番頭から聞いたのだ。

番頭は叔父にそのことを抗議したら、お店をやめさせられたという。もし、母を自分のものにしたら、叔父はあとで他人には、母から誘惑されたと言うだろうと、番頭は言っていた。

そのことを聞いても、文太郎は番頭が腹いせにいい加減なことを言っているのだと思って信用していなかった。

叔父は文太郎にはいい顔をしていたからだ。

「いけないのは叔父さんだよ」

文太郎は吐き捨てた。

なぜ、おとっつあんにあんな弟がいたんだと、恨めしい。こんなことになるなら、春川清州に弟子入りなんかするんじゃなかったと思っても、あとの祭だ。

「俺が生まれ、育った家で叔父さんが我が物顔で振る舞っていると思うと、悔しい」

「おっかさんも悔しいよ」

母は無念そうに言う。

「どうしたらいいんだ」

文太郎は頭を抱えて呻（うめ）いた。

おとっつあん、どうしたらいいんだ。頭が割れるように痛い。このままじゃ、おとっつあんに申し訳ない。あの店を取り返すんだ。

そう呻きながら考えていると、母の意外な言葉が聞こえた。

「文太郎。もう、『山形屋』のことは諦めましょう。いつまでも恨みを引きずっていたんじゃ前に進めないもの」

「えっ？」

「叔父さんが言うように、今のような『山形屋』になったのも叔父さんの力。おまえがあとを引き継いでも、叔父さんの手助けがないとやっていけないわ」

「いやだ」

文太郎は叫ぶ。

「俺が生まれ、おとっつあん、おっかさんの三人で暮らした家じゃないか。たくさん思い出が残っているんだ」

「でも」

「いやだ、絶対にいやだ」

そんなことをしたら、おとっつあんに申し訳ない。俺は『山形屋』を継ぐんだ。そう思うそばから、母の忠言が胸を衝く。どうしようもないことだとわかっていても、自分を納得させることはなかなか出来そうにもなかった。

三

編笠をかぶり、黒の着流しで、剣一郎は三十間堀町にある長屋の木戸をくぐった。

昼過ぎで、とば口にある井戸の近くで伏せた盥に腰を下ろして煙草を吸っている年寄りがいた。

「これは青柳さまで。多吉ですかえ」

聞き込みにきた京之進も、こうやってこの年寄りに迎えられたのだろう。

「うむ。住まいはどこだ？」

「奥からふたつ目でさ。障子に鉋の絵が描いてあります。多吉が自分で描いたんだが、鉋には見えねえ」

「そうか。ところで、多吉の様子はどうだ？」

「相変わらず、酒ばかり呑んでますよ」

そう言い、年寄りは煙管を口に運んだ。

「仕事は？」

「してませんぜ」

煙を吐いて、答える。

「それで、よく酒を呑む金があるな」

「そういえば、おゆうさんは遊女屋に前借りをした金を多吉に渡したらしいですよ。罪滅ぼしですかねえ。ただ、多吉は、それには手をつけていないようですが」

「おゆうは前借りをしたのか」

「そうです。おゆうさんはもう一生、苦界から抜け出せねえでしょうね。その覚悟で、泥水に身を沈めたんでしょうから」

「そうか。おゆうは、多吉に金を残すために……。で、いくらだ？」

「十両です」

「十両か」

もし前借りでその十両とは別に三十両を払える金も借りられたとしたら……。

「あの器量だ。顔に傷さえなければ、五十両以上で身を売れたとおもいますぜ。可哀そうに、借金しなければまとまった金は手に入らなかったんだ」

年寄りは皺だらけの顔をしかめた。

「やりきれぬ話だ」

「青柳さま。なんとか、多吉をまっとうにさせてえ。あいつはまだ三十だ。これからだ。腕はいいんだ」

多吉の再起を願って、おゆうは苦界に身を投じたのだ。

「力になろう」

そう言い、剣一郎は多吉の住まいに向かった。

なるほど、歪な形の鉋の絵が描いてある。剣一郎は腰高障子を開けた。

明かりの乏しい薄暗い部屋で、男が徳利を抱えていた。

「多吉か」

「誰でえ」

体を揺らしながら、男は虚ろな目を向けた。

「南町の青柳剣一郎だ」

「…………」

多吉は口に運びかけた茶碗を戻した。

「真っ昼間から酒びたりか」

剣一郎は刀を腰から外して上がり框に腰を下ろした。多吉は徳利と茶碗を脇に退けて居住まいを正した。

「酒を呑まなきゃいられぬ気持ちはよくわかる。だが、いつまでも、こんな暮らしを続けていたら、ほんとうにだめになってしまう」

「構やしねえんで」

「なぜだ？」

「俺はもう死んだも同然なんです。早く、こんな苦しみからおさらばしたいんです。でも、死ぬ勇気もねえ」

多吉は自嘲する。

「なぜ、死にたいのだ？」

「………」

「おゆうがいないからか」

「あんな女……」

「おゆうを許せなかったのか」

「当たり前です。俺を捨てて出て行った女ですぜ。それが相手の男に捨てられ、顔に傷をこしらえて帰ってきた。よく帰ったと喜んで迎えられると思いますかえ」

「わかる。そなたの気持ちはよくわかる。悔しく、苦しかったろう」

剣一郎は多吉に合わせてから、

「だが、おゆうも苦しかっただろう。そなたを裏切ったという気持ちから、なおさら地獄の苦しみを味わっていたのではないか」

多吉は俯いている。

「おゆうは後悔していたんだ。傷ついたおゆうが頼るのはそなただけだ。おゆうはそなたに助けを求めた」

「勝手だ。さんざん好きなことをして、それがだめになったら元にもどるなんて」

多吉は涙声になって、

「おゆうが戻ってきて、俺もなんとかやりなおそうとした。でも、おゆうの顔を見るたびにあの男のことが浮かんでくるんだ。そのたびに、俺の心は荒れ狂った」

「そうか。だから、夫婦別れをしたのか」

「それしかなかった」

「それで、どうなった？　気は晴れたか。晴れまい。そなたはますます酒に逃げるようになった」

「そうです。でも、おゆうがあの男のところに出て行ったときから、俺は死んだも同然だったんです」

「おゆうをたぶらかした伊之助は死んだんだ。それでも、おゆうを許すことは出来ないのか」

「…………」

「おゆうが、今どんな暮らしをしているのか知っているのか」

「毎晩、違った男に抱かれて楽しんでいるんじゃないですかえ」

「本気でそう思うのか」

「…………」

「おゆうは以前のそなたに戻ってもらいたいから、あえて苦界に身を投じたのだ。わかるか。伊之助に捨てられたからではない。そなたに見限られたからだ。そして、せめて、そなたにはまっとうになってもらいたいからと、借金をしてそなたに金を渡したのではないか」

多吉にはまだ望みがある。剣一郎はそう確信した。

「多吉。酒をやめろ。また、大工の仕事に精を出せ。それが、苦界に身を投じたおゆうの願いだ。もう、元凶だった伊之助はこの世にいないのだ。伊之助とのことは忘れるんだ。よいな」

「俺は……」

多吉は首を横に振りながら何かを言っていたが、はっきり聞き取れなかった。

多吉の長屋をあとにし、それから半刻（一時間）後に、剣一郎は深川佃町の岡場所にやって来た。

編笠をとって、間口の狭い『扇家』の土間に入る。

遣り手婆が顔色を変えた。

「まあ、青柳さまで」

「うむ。邪魔をする。おゆうに会いたい」

すでに、京之進が訪ねているので、わけはきかずに、

「どうぞ、こちらへ」

と勧めるのを、

「すまぬが、おゆうの部屋で会いたい。話をきかれたくないのでな」

と、頼んだ。それより、他人の耳があると、おゆうが話しづらいと思ったのだ。

「そうですか」

不満そうに頷いたとき、奥から女が出て来た。聞こえていたのだ。

「おゆうです。どうぞ」

目尻の横から口許にかけて傷があった。伊之助が庖丁を振り回したのだろうか。

「邪魔をする」

剣一郎はおゆうのあとに従って梯子段を上がった。

一番奥の部屋に入る。紅色の衣紋掛けに鏡台。ところどころ塗りが剝げて色が落ちている。

四畳半で、剣一郎は差し向かいになった。

「多吉に会って来た」

おゆうが微かに口許を歪め、

「相変わらずみたいですね」

京之進から聞いたのであろう。

「相変わらずだ。だが、立ち直る見込みはある」

「ほんとうですか」

おゆうの表情が変わった。

「俺の目に狂いはない。多吉はそなたのことを忘れていないのだ」

「…………」

おゆうは憂鬱そうな顔になって、

「それじゃ困るんです。早く、私のことを忘れないと立ち直れないはずです。私のことを思えば、必ず伊之助のことも思いだします。そのたびに、あのひとは苦しむ」

おゆうはやりきれないように言う。

「だが、伊之助は死んだ」

「…………」

「伊之助殺しを何者かから請け負った人間がいる」

「そうなんですか」

おゆうは顔を歪め、

「天罰が下ったんでしょう」

と、吐き捨てるように言った。

「伊之助を殺した人間に心当たりはないか」

「いえ、ありません」

おゆうは首を横に振る。

「その顔の傷、伊之助にやられたのか」

「ええ」

「どうしてだ？　伊之助が出刃庖丁を振り回したのか。男のくせに、女に向かって……」

「その程度の男でしたから」

「伊之助とはどうしてうまくいかなくなったのだ？」

「あの男、他にも女が出来たみたいですから。すぐ、飽きるんですよ、ひとりの女に」

「そのことを知らなかったのか」

「知りませんよ。だって、本性を隠して近づいてきたんですからね」

「築地明石町の家で伊之助といっしょに過ごしたのはどのくらいだ?」

「一カ月です。最後のほうはめったに帰ってきませんでした。帰ってくれば、言い合いばかり」

「追い出されたのか、自分から出て来たのか」

「追い出されたも同然ですよ。もし、私のほうから逃げたのだとしたら、あいつは追いかけてきて連れ戻しますよ。でも、そこまではしなかった」

自分から逃げたが、伊之助は追わなかったということだろう。

「多吉のところに帰ったのは、やり直せると思ったからか」

「わかりません」

おゆうは悲しげに顔を横に振り、

「でも、多吉さんのところしか帰るところはなかったんです」

「うむ。しかし、その気持ちを受けとめてやるにしたら、多吉の心もぼろぼろになっていた。そういうことだな」

「はい」

「そなたの顔を見ると、伊之助のことが思いだせてやりきれなくなると、多吉は言っていた」

「ほんとうは、この傷だと思います。伊之助がつけた傷だと思いがすぐそのほうに向くのでしょう」

「だから、別れたのだな。これ以上、多吉を苦しめたくないから」

「はい」

「でも、その後も多吉は苦しんでいる。今度はそなたのいない苦しみだ」

「時間が経てば、きっと立ち直ると思ったんですけど」

「そなたが家を出て行ってから、多吉が酒びたりになり、仕事をしなくなった。収入が途絶えた多吉のために身を売り、借金をして金をこしらえた」

「私に出来るのはそれぐらいですから」

「そなたはそれでいいのか。このまま泥水にまみれた暮らしを続けて行くのでいいのか」

「仕方ありません。それが、私の報いですから」

「だが、このままでは、そなたも多吉も不幸だ」

「せめて、多吉さんだけでも立ち直ってもらいたいのです。お願いでございます。多吉さんを助けてください。どうか、お力をお貸しください」

「うむ。力になるつもりだ」

「ありがとうございます」

「ところで、女将からいくら借金をしたのだ？」

「十両です」

「すべて、多吉に渡したのか」

「はい。大家さんに預けました」

「多吉はまだ、その金には手をつけていないそうだ」

「そうですか」

「でも、いつか役に立つときがこよう」

「はい」

「もし、多吉が会いに来たらどうする？　会うか」

「いいえ」

おゆうは首を横に振る。

「いまさら会ってもどうにもなりません。かえってつらくなるだけですから」

「そうか」

階下で男の声がする。客がやってきたようだ。

「また、来る。多吉に何か言伝てはないか」

「早く棟梁(とうりょう)になるのを楽しみにしていますと」

「わかった。伝えておこう」

剣一郎は立ち上がった。

帰りがけ、女将に会って、おゆうにいくら貸したのかをきいた。十両だという。おゆうが三十両の金をもつことはないようだった。

四

朝餉のあと、善吉がやって来て、

「おとっつあん、ちょっといいですか」

と、声をかけた。

「なんだ？」

「きのう、『美濃屋』の旦那から、『山形屋』の後継の件ははっきりしたのかときかれました」

「後継の件だと？」

「はい。ほんとうに私が『山形屋』の後継なのか。あとで、つまらないいざこざが起こらないか、そのことを知りたいと仰ってました」

「…………」

以前から、美濃屋はそのことを気にしていた。

「『美濃屋』の旦那は、文太郎のことを知っているんです。『山形屋』の後継は文太郎か私かと」

「文太郎を知っているというのは？」

「文太郎に会ったことがあるみたいです」

「なんだと」

まさか、文太郎が美濃屋に訴えに行ったのではないのか。あちこちで、『山形屋』の後継は自分だと言いふらしているのではないか。

善次郎はかっと顔が熱くなった。

「一度、その件で、おとっつあんと話がしたいと仰っていました。おとっつあん、どうなんですか」

「おまえが心配することは何もない」

「ほんとうに安心していいんですね。お千代さんも、そのことを気にしているんです」

「いずれ、美濃屋さんに会ってみる」

「わかりました」

善吉は下がった。

善次郎は店に顔を出した。

きょうも『山形屋』は客がたくさん入っていた。店を眺め、善次郎は拳を握り締めた。

『山形屋』をこのように繁昌させたのは俺だという自負がある。

確かに、兄貴が亡くなるとき、この店を託され、二十歳になったら文太郎に店を継がせてやってくれと頼まれた。

「兄さん。任してくれ。『山形屋』をきっと守って行く」

善次郎は兄の手を握って言った。

それから十年。これだけの店になったのも俺ががむしゃらに働き、新しい客を呼び寄せ、新しい織物問屋との取り引きを進め、いろいろなことをしてきたからだ。

もし、兄貴が亡くなって、俺がこの店を取り仕切らなかったら、潰れていたに違いない。ことに、父親の代からいた番頭が曲者（くせもの）だった。

兄が寝込んだあとも、その番頭は好き勝手をやっていたようだ。店の金もだいぶくすねていた。それを見つけ出したとき、あの番頭をやめさせた。もし、俺が『山形屋』に入らなかったら、店は必ず潰れていた。

いや、今でもそうだ。兄貴との約束だからといって、文太郎に店を任せたら、たちまち傾いて行くに違いない。

俺には自分がここまで店を栄えさせたという自負もあり、また思い入れもある。それなのに、何もしていない文太郎にどうして店を渡さなければならないのか。

店を潰すわけにはいかない。文太郎に店を渡してはならない。文太郎が主人で、この俺が後見人になって店を守っていく。冗談ではない。俺が大きくした店は伜の善吉に譲る。それが当然だ。この店を守るためには、自分が主人でなくてはならない。さまざまな思いが善次郎の頭の中をかけめぐった。

半刻（一時間）後、駕籠がやって来て、善次郎は店を出た。駕籠に乗る前に、店を振り返った。

屋根に上がっている看板、それに大きな暖簾のすべては俺が育てたのだと思いながら、善次郎は駕籠に乗り込んだ。

用心して、雷門前で駕籠を下り、仲見世に入る。そして、脇の随身門から馬道に抜けた。懐の品物を確かめてから、善次郎は元馬道の町筋に足を踏み入れた。

先日、歩いたとき、ひょっとしたらという一軒家を見つけていた。軒が少し傾き、あまり手入れがされていないようなしもたやが、なんとなく島造の住まいにふさわしいような気がしたのだ。

善次郎は深呼吸をし、格子戸を開けた。

「ごめんください」

奥に向かって呼びかける。

しばらくして、奥からひとの気配がした。年増がやって来た。

「なんでしょうか」

少しけだるそうな声で、女はきく。

「こちらに島造さんはいらっしゃいますでしょうか」

「島造なんていないわ」

奥で物音がした。

「もしかしたら、名前は違うかもしれませんが、三十ぐらいの男の方で……」

「島造さんを探している者です。違ったようです。失礼しました」

善次郎が引き上げようとしたとき、

「待ちねえ」

と、声がした。

はっとして振り返ると、紛れもなく島造が立っていた。

「おまえさんは、確か、『山形屋』の……」

「はい。主人の善次郎でございます」

「どうして、ここがわかったんだ?」

島造は恐ろしい形相になった。

「先日、偶然に観音様でお見かけしました」

「あとをつけたのか。ちっ、気づかなかったぜ」

島造は自嘲した。

「申し訳ありません」

「なにしに来た?」

「あんた、誰なのさ?」

島造の目が鈍く光った。

「お願いが」

島造は不思議そうにきき返す。

「大事なことで」

「まあ、上がれ」

島造が言う。

「失礼します」

善次郎は部屋に上がる。

畏まった善次郎の前で、島造はあぐらをかいた。

「で、願いとはなんだ?」

「これを受け取っていただけますか」

善次郎は袱紗包みを差し出す。

「なんだ、これ?」

島造が手にとって、ふいに顔色を変えた。

「何の真似だ?」

「中をご覧ください」

善次郎は自分の声が震えているのがわかった。

島造は袱紗を開く。

「三十両あります。それと半紙」

善次郎は声を添える。

島造は厳しい顔で半紙を開く。

「文太郎……」

島造が顔を上げた。こめかみがぴくぴくしている。

「てめえ。どういうことだ？」

「仕事の依頼です」

善次郎はあわてて言う。

「青痣与力は、おまえさんが誰かに頼まれて伊之助を殺したと見ている」

「………」

「どうなんだね」

善次郎は確かめ、

「でも、だいじょうぶです。まだ、疑いだけで、証があるわけではない。ほんとうに下手人だと思ったら、手配書がまわっているでしょうから」

「ちくしょう。音松の野郎が、袱紗包みを掏られたりしなきゃ足がつかなかったのだ。へましやがって」

島造は顔を歪めて吐き捨てた。

「島造さん。あぶり出しになっていて、住まいが書いてある」

「江戸を離れなきゃならねえな。そのためには金がいる」

島造は呟いて、金を握った。

「いいだろう。引き受けよう」

「そうか。引き受けてくれますか」

善次郎はほっとした。

「ただし、いつ殺るかはこっちが決める。だが、三日のうちには殺る」

「結構です」

「念のためだ。この文太郎はどういう人間だ？」

「私の甥に当たります。兄の子です。『山形屋』を自分のものだと吹聴している。『山形屋』を横取りされるのは我慢出来ません」

「わかった。任せてもらおう」

「よろしくお願いします」

善次郎は念を押してから立ち上がった。

「これからは、もう、おまえさんとは赤の他人だ。二度と会わねえ。いいな」

「はい。私もこれでおまえさんのことは忘れます」

善次郎は外に出た。

ひんやりした風が頬に当たり、急に怖くなった。引き返し、今の依頼を取り消そうかと思った。

だが、迷いを吹っ切り、善次郎は逃げるように小走りになった。

善次郎は田原町(たわらまち)から稲荷町(いなりちょう)に差しかかった。とんでもないことをしたという恐怖の一方で、これしか道はないのだという思いが頭を占めてきた。

それに、自分はただ三十両と文太郎の名を書いた半紙を島造に渡しただけだという弁明を自分自身にした。

三十両は大金でも、善次郎にとっては自分の小遣いで出せる。妾を囲うわけでもなく、女遊びをするわけでもない。仕事一途にやってきた善次郎が『山形屋』を守るために使う金だ。なんの惜しいことがあろうか。

善次郎が俯き加減に歩いて下谷広徳寺(こうとくじ)の前にやってくると、

「旦那」

と、水茶屋の縁台から立ち上がった男がいた。

「なんだ。清州ではないか」

春川清州だった。縁台には年増の女が座っていた。

「外で会っても、もう他人だと言ったはずだ」

善次郎は冷たく突き放す。

「へえ、そうでした。ただ、ちょっと、お伝えしておこうと思いましてね」

「なんだ？」

「文太郎がまたあっしのところにやって来ました」

「………」

文太郎は清州にあることないこと訴えようとしているのか。ふたりでいっしょになって、俺の悪口を言い合っているのか。

「文太郎は……」

「そんなことより、いい身分だな。真っ昼間から女といちゃついて。まさか、私が渡した十両が残っていたか」

「あのお方は版元ですよ」

「版元？　あの女がか」

「旦那、あっしは宗旨替えしたんです」

「宗旨替え？」

「ええ。美しいものを追い求めるのを諦めたんですよ」

「……………」

「美しいものを見るには、心ばえがよくなくちゃだめです。あっしみたいに、汚れてしまったら、もうだめだ。だったら、浮世の醜さを絵にしようと思ったんですよ」

「開き直ったというわけか」

「まあ、そうです。で、旦那にも気に入ってもらえる絵が描けたら、また買っていただきたいと思いましてね」

「なるほど。そういういやしい気持ちがあれば、醜い絵を描けるだろう。だが、あいにく、私は美しいものしか目が行かない」

「それは以前の旦那だ。今の旦那には、醜い世界を描いた絵のほうがお似合いだと思いますがねえ。おっと、よけいなことを言いました」

にやつきながら、清州は縁台に戻った。

善次郎は茫然と立ち尽くした。清州の最後の言葉が胸に突き刺さった。

「今の旦那には、醜い世界を描いた絵のほうがお似合いだと思いますがねえ」

はっとして、善次郎はその場から足早に立ち去る。清州の言葉がどこまでも追ってきた。これも、すべて文太郎がいるからだ。文太郎が俺の心を歪めているのだと、善次郎は文太郎に罪をなすりつけていた。

五

その夜、剣一郎の屋敷に、柴田欣三と植村京之進がやってきた。

多恵が去ってから、

「では、聞こう」

と、剣一郎はまず、欣三に声をかけた。

「はっ」

欣三はさっそく口を開いた。

「入船町に住んでいたおすなという女が、井村どのが殺された数日後に引っ越していました。近所の者の話では、妾らしく、その女の家にときたま侍がやって来ていたということです。体つきから言って、井村どのではありません。いつも頭巾で顔を隠していたとのこと」

「井村どのが、その侍のことを調べていたのかどうかはわからぬが、おすなの引っ越し先を調べるのだ」

「はい。それ以外は、特に手掛かりはありません」

「そうか。京之進のほうはどうだ？」

「青柳さまから言われて、もう一度、伊之助を追いかけまわしていた妾を調べました。旦那が病から回復し、伊之助とのことなどなかったように、ふつうに暮らしています。まず、関わりはないものと思えます。その他、伊之助と関わった女たちを、再度調べましたが、怪しいところは窺えませんでした」

京之進は話したあとで、

「その他、女絡み以外でも調べましたが、伊之助を殺したいほど恨んでいる人間は見つかりませんでした」

「やはり、もっとも恨んでいるのは多吉とおゆうか。だが、このふたりには金がない。三十両もの金を出せない」

剣一郎はおゆうが気になっている。おゆうが多吉に己の過ちを償おうとしている気持ちはほんものだ。自分がいたのでは多吉は苦しみから解き放たれない。だから、夫婦別れをしたのであり、さらに身を売り、借金までして十両を作った。それでも立ち直らないのは、自分たちを不幸に陥れた伊之助が生きているからだ。伊之助さえ、いなくなれば、多吉の気持ちも変わる。そう思ったのではないか。

だが、三十両の金がおゆうに調達出来るはずはないのだ。

「ひとつ、気になることが」

京之進が口を開く。

「『金子屋』の並びに紙問屋の『美濃屋』があります」

「うむ。わかる。『美濃屋』が何か」

「はい。『美濃屋』にお千代という十七歳になる娘がいて、評判の器量良しです。『金子屋』の伊之助とお千代が親しくしていたという噂がありました」

「十以上も年の差はあるが。女たらしの伊之助にかかっては十七歳の娘も心を惹かれてしまうかもしれぬな」

「はい。それに、お千代は子どものころから、伊之助を知っています。色っぽくなったお千代に伊之助が手を出したことは考えられないことではありません」

「確かにな」

「伊之助がおゆうに冷たくなったのは、気持ちがお千代に向いたからではないでしょうか。時期も一致します」

「なるほど」

「ところが、お千代には許嫁がいました。正確には、まだそこまではないようですが、ゆくゆくは所帯を持たせようと、美濃屋も考えているようです。青柳さま」

京之進が意気込んだように膝を進め、

「その相手というのが山形屋の息子の善吉です」

「なに、『山形屋』だと？　島造が現われた店か」

「はい。お千代の嫁ぎ先が『山形屋』なら、美濃屋も何の文句もありますまい。ですが、お千代が伊之助に夢中になっている。このことが『山形屋』に知れたら、この縁組も破れる。だから、美濃屋が……」

京之進はあとの言葉を呑んだ。

「確かに、美濃屋にしたら、お千代を傷物にしないうちに、伊之助をなんとかしたいと思ったとしても不思議ではない。伊之助の悪い評判はいくらでも耳に入っていようからな」

「はい。美濃屋なら、三十両は手易く用意出来ます」

「その話は、どこから出たのだ？」

「伊之助の取り巻きのひとりです。伊之助が話していたそうです。お千代はおとなしそうに見えるが、あばずれだと言っていたそうです。伊之助がどこまでほんとうのことを言っているのかわかりませんが」

「お千代に話をきいたのか」

「はい。お千代にはそれとなく、伊之助とのことを訊ねました。本人は小さい頃から知っている兄さんのようなひとだと言ってました。金子屋や美濃屋にはまだ会っていません。慎重にならないといけないと思いまして」

「よし。金子屋や美濃屋には私が会ってみよう」

「お願いいたします」

「島造の行方の手掛かりはまだないか」

「はい。各地の盛り場の地廻りにきいてまわっています。きっと、どこかに手掛かりがあると思うのですが」

「わかった。引き続き、地廻りのほうを頼む」

「はい」

「青柳さま」

欣三が口をはさんだ。

「先程の頭巾をかぶった侍なのですが、井村どのが調べていたとなると、やはり、勘定奉行勝手方の者ではないでしょうか。その辺りをもっと調べましょうか」

勘定奉行の下に勘定組頭、勘定、支配勘定という肩書がある。勘定吟味方改役である井村徹太郎が調査をしているとしたら、それらのいずれかと考えられる。ただ、徹太郎が何を調べていたのかがわからない。徹太郎の上役である勘定吟味役も知らないのだ。

「そうだな。ただ、その調べ方だが……」

ふと、剣一郎は思いついて、

「頭巾の侍はどんな手段で入船町の妾のところに通っていたのだ？」

「そういえば、歩いている姿を見た者はいません。駕籠か船か」

「おそらく船だ。入船町なら大島川（おおしまがわ）か油堀川（あぶらぼりがわ）か。その近くの船宿で、頭巾の侍について見た者がいないかきくのだ」

「着実に真相に近づいている。あと、一歩だ」

剣一郎は自分自身をも鼓舞するように言った。


翌日、剣一郎は『金子屋』の客間で、主人の伊右衛門と差し向かいになった。

「たびたび、邪魔をするが」

「いえ」

伊之助が亡くなってからいっきに老け込んだような伊右衛門は力なく答える。

「つかぬことを訊ねるが、伊之助はこの並びにある『美濃屋』の娘お千代とはどういう間柄であったかな」

「お千代と、ですか」

伊右衛門は意外そうな顔をした。

「お千代のことは小さいころから知っていますから、妹のように思っていたのではないでしょうか」

「お千代のほうはどうだ？」

「お千代のほうですか。さあ、兄のように、ではありませんか」

「若い女は、伊之助のような遊び人に心を惹かれることがあったのではないかと思ったのだが？」

「さあ、そのようなことはないかと」

伊右衛門は困惑したように答え、

「伊之助とお千代のことが何か問題に？」

と、あわててきいた。

「前にも話したように、伊之助を殺したのは島造という男だ。何者かから三十両で殺しを請け負ったようなのだ。この三十両を出せるのはよほど余裕のある者だ」

「…………」

「お千代にいま縁組の話があるのを聞いているか」

「いえ」

「下谷広小路にある太物商『山形屋』の善吉という息子と縁組の話が持ち上がっているらしい」

「さようでございますか」

「もし、お千代が伊之助に心を奪われていたら、この縁組も壊れかねない」

「まさか」

伊右衛門は啞然としてから、

「そのために、伊之助を殺したと言うのですか」

「我らは、考えられることはすべてひとつひとつ、つぶしていかねばならぬのだ。その果てに真相が見えてくる。まず、この件についても、そうではないという確信を得ねばならぬのだ」

「………」

「はっきり言おう」

剣一郎は口にした。

「もし、美濃屋が娘を『山形屋』の嫁にしたいと願っていたら、お千代と伊之助の仲は大きな障害になりかねない」

「お言葉でございますが、お千代と伊之助の仲はそのようなものではありません」

「どうして、そう言い切れるのだ?」

「それは……」

伊右衛門は言葉に詰まった。

「なにも、そうだと決めつけているわけではない。違うというはっきりした証が欲しいのだ」

伊右衛門は重たそうな口を開いた。

「伊之助はおとなの女に惹かれていたのです。いくら器量がよかろうが、伊之助から見ればお千代は小娘に過ぎません」

「そうかもしれぬ。だが、問題はお千代のほうだ。お千代が伊之助に夢中になっているとしたらどうだ?」

「信じられません。それに、美濃屋さんも伊之助のことをよく知っています。伊之助が小さい頃から可愛がってくれました。そんな伊之助を自分の娘のためとはいえ、殺そうなどと考えるはずはありません」

伊右衛門は顔を正面に向け、

「伊之助は、自分の悪行のためにばつを受けたのです。すべて、伊之助の身から出た錆(さび)でございます」

「金子屋」

ふいに、剣一郎はあることが閃(ひらめ)いた。

「そなた、ひょっとして、伊之助を殺した人間に心当たりがあるのではないか」

「とんでもない」

伊右衛門はあわてて首を横に振った。

「ただ、殺しを依頼した人間は伊之助のために不幸に陥った人間に違いありません。そのことを考えると、複雑な気持ちでございます」

「不幸に陥った人間とは誰だ？　多吉とおゆう以外にもいるのか」

剣一郎は迫った。

「いえ、私はわかりません」

伊右衛門は苦しそうな顔をした。

「わかった。きょうのところは、これで引き上げよう」

伊右衛門が何かを知っているような気がしてならなかったので、そういう言い方をした。伊右衛門は俯いたままじっとしていた。

剣一郎が外に出たとき、小肥りの男が追ってきた。

「青柳さま。私は伊之助の兄の伊兵衛（いへえ）です」

伊兵衛は若いころの父親似なのかもしれない。

「向こうに行こう」

何か訴えたいことがあるようなので、通りの端の人気のないところに向かった。

「何か」

剣一郎は立ち止まって振り返った。

「話し声が聞こえました。伊之助とお千代のことです」

「聞こう」

「はい。伊之助は確かに女にだらしのない男でした。でも、小さい頃から知っているお千代を女という目で見たことはないはずです」

「どうして、そう思う？」

「伊之助がつきあってきた女を見ればわかります。お千代もなかなかしっかりした女ですから、伊之助のような男に真剣になりません」

「そうか。それより、大工の多吉が乗り込んできたことがあったそうだが、多吉以外に伊之助を恨んでいる人間に心当たりはないか。兄弟でしかわからない弟の秘密のようなものがあったのではないかと思ってな」

「いえ。兄弟とはいえ、弟とはまったく性格が違いました。でも、伊之助は私にはなんでも話してくれました。でも、殺されるほど恨まれてはいなかったと思います」

「なんでも話したというと、おゆうのこともか」

「はい」

「なんて言っていた？」

「やはり、いっしょに暮らして、だんだん飽きてきたそうです。それで、他の女に手を出したら、焼き餅を焼いたと」

「おゆうは顔に傷をこしらえていたが？」

「女のところから帰ったら、おゆうが鬼のような顔で庖丁を持って迫ってきたそうです。庖丁を奪い取ろうとしてもみあいになってはずみで顔を切ったと。それで、別れたと言ってました」

「おゆうが庖丁を手にしたと言うのか」

「はい。伊之助はそう言ってました。お引き止めして申し訳ありませんでした。あっ、そろそろ戻らねばなりません。そのことはほんとうだと思います。」

「最後にひとつ。伊之助が最後につきあっていたのは誰だ？」

「神田明神境内にある水茶屋の女だと聞きました。名前はわかりません」

「そうか。わかった」

伊兵衛は引き上げた。

剣一郎は迷ったが、念のためにと、紙問屋『美濃屋』に向かった。

客間にて、剣一郎は『美濃屋』の主人と向かい合った。

「じつは、『金子屋』の伊之助のことで教えてもらいたいと思ってな」

「伊之助さんのことは、ほんとうに驚きました。まだ、下手人はわからないんですか」

美濃屋が表情を曇らせてきく。

「下手人の見当はついているが、その下手人に殺しを頼んだ人間がいる。その者の正体がわからぬ」

「殺しを依頼した者ですか」

「そうだ。伊之助を恨んでいる者だろう。家族から聞いたのでは、どうしても身びいきがあり、ほんとうのことはわからない。そこで、近所の誼(よしみ)、大店同士のつきあいということもあって、伊之助のことで教えてもらいたいと思ってな」

「ですが、親しいといっても、そんなに何もかも知っているわけでは……」

「噂は聞くのではないか」

「噂ですか」

「そうだ。伊之助はかなりの女たらしだった。何人もの女を泣かせている。だが、我らが知っていること以外に何かあるかもしれぬ」

「噂と申しましても、同じようなことだと思います。妾に手を出したとか、料理屋の女を泣かせたとか……。大工のかみさんの話は当然ご存じだとおもいますが、その他に特にはなにも」

美濃屋は特に何かを隠しているようには思えなかった。美濃屋が島造に依頼したようには思えない。

「ところで、そなたの娘御と太物商『山形屋』の息子善吉とに縁組の話があると聞いたが、まことか」

「はい。まだ、はっきり決まったわけではありませんが……。でも、そのことが伊之助の件となにか関わりが？」

「『山形屋』に三十両の置き忘れがあったことは聞いていないか」

「それは噂で聞きました」

「その三十両といっしょに半紙があり、そこに伊之助という文字が記されていた。三十両の持主は現われたが、それから数日後に伊之助が死体となって見つかった」

美濃屋は啞然としている。

「もちろん、『美濃屋』は事件と関わりはない。ただ、『山形屋』の主人善次郎だけが、下手人に会っているのだ」

「因縁でございますね。半紙に書かれた伊之助というのが『金子屋』さんの伊之助だったとは……」

「そうだ。『山形屋』と『美濃屋』は善吉とそなたの娘とでつながり、『美濃屋』は『金子屋』と親しい。こういう因縁があれば、そなたから何か手掛かりが摑めるかもしれないと思ったまで」

「そうでございましたか。お役に立てず、申し訳ございません」

「いや。ところで、縁組の話はまだ決まったわけではないのか」

「はい。まだでございます」

美濃屋の顔に翳が差した。

「何かあったのか」

「じつは、『山形屋』さんにはちょっと複雑な事情がございまして」

美濃屋は誰も聞く者はいないのに声をひそめた。

「今の主人は善次郎さんですが、もともとは善次郎さんの兄文治郎さんのお店でした。ところが、文治郎さんは病で亡くなりました。いまわの際に、文治郎さんはお店を弟の善次郎さんに託したのです。そして、伜の文太郎が二十歳になったらお店を継がせるようにと。その遺言にしたがって、善次郎さんが『山形屋』に乗り込み、今のように繁昌させたのです。ところが、二十歳になっても、文太郎がお店を継ぐ気配がありません。それから二年経ちますが、同じです」

美濃屋は大きく息を吐いてから、

「娘は善吉さんと親しくしていますが、この先、『山形屋』がどうなるのか。善吉さんは自分が『山形屋』を継ぐと信じているようですが、文太郎さんに店を継がせるのが、亡き兄との約束です。このことがはっきりしなければ、縁組を進めるわけにはまいりません」

「もし、善吉が『山形屋』を継ぐことがなければ縁組の話はなかったことにするのか」

「はい」

「しかし、娘御は善吉と所帯を持ちたいのではないか」

「いえ」

美濃屋は言いよどんでから、

「お恥ずかしい話ですが、娘もそのことは弁えていて、『山形屋』の息子だから嫁に行く気になったようです」

「なるほどな」

しっかりした娘だという言葉を呑み込んだ。なるほど、こういう娘なら、伊之助のような男を相手にしないはずだ。

「『山形屋』にそのような事情があったとはな」

「よけいなことをお話ししてしまいました。どうぞ、今のことはここだけの話にしておいていただけますでしょうか」

「もちろんだ」

「ありがとうございます」

剣一郎は『美濃屋』を辞去してから、浮世の醜さを嘆いていた善次郎がどういう決着をつけるのだろうかと気になった。

第四章　美の姿

一

文太郎は元鳥越町の春川清州の家にいた。

もう一度、本気で絵の修業をしたいと清州に申し入れてから数日後に清州から使いが来たのだ。

清州は文机（ふづくえ）に向かって筆を動かしていたが、やっと手を休め、振り返った。

「待たせたな」

「いえ」

「おめえを呼んだのは他でもない。もう一度、おまえの覚悟を聞きたいのだ。ほんとうに絵描きとしてやっていくんだな」

「はい」

「つまり、『山形屋』を継ぐことを諦める。そういうわけだな」

「この前も申したように、私は『山形屋』のことは忘れました」

文太郎は言い切った。

「だが、おまえのおやじさんは『山形屋』を継いでもらいたかったはずだ。おやじさんを裏切ることになる。それでもいいんだな。後悔しても遅い。考え直すなら、今だ」

「いえ。私の決心は変わりません」

「おめえのおっかさんはどうなんだ？　おまえが『山形屋』を継ぐのを楽しみにしていたはずだ」

「おっかさんも『山形屋』には未練はありません」

「本気なんだな」

清州が真に迫る形相で睨みつけた。

「はい。本気です」

「叔父の善次郎さんはおまえから『山形屋』を奪ったことになる。恨みに思わないのか」

「叔父さんには今までよくしてもらいました」

文太郎は微笑みを浮かべ、胸になんのわだかまりもないことを示した。

「あの男はおまえを商売から遠ざけようとして俺に弟子入りさせたんだ。俺の絵を買ってくれたのも、おまえを俺の下で封じ込めておくためだ。そういう計算があって、俺に援助をしていたんだ。それでも、叔父を許せるのか」

清州はくどくきく。

「はい。叔父さんが言うように、『山形屋』をあんなに大きくさせたのはやっぱり叔父さんの力です。このまま叔父さんが続けるのが当然なんです」

文太郎は心の丈をうち明けるように訴えた。

「おまえって奴は。よし、わかった。もうなにも言わねえ」

清州が満足そうに頷く。

「おまえは俺に代わって肉筆画で美しい世界を描いて行くんだ。おめえなら、浮世の美しい世界が描ける」

「師匠は?」

「俺はもうだめだ。美人画だろうが美しい風景だろうが、俺にかかっちゃ見掛けはきれいでも、本物の美は描けねえ。俺の心は汚れちまっている。汚れた心の持主にはそれにふさわしい画風がある。それに版画のほうをやるつもりだ」

「版画ですかえ」

「そうだ。妙なもんだぜ。俺が美しく描こうとしても醜いものしか出来なかった下絵を気に入った版元がいてな。版画で売り出すことにしたんだ」

清州は生き生きとしていた。

「今まで、俺がやろうとしてきたものはおめえに全部教え込む。だから、おめえも性根を据えてかかれ」

「へい」

文太郎は声が弾んだ。

今まで、いつか『山形屋』を継がねばならないという思いが、絵の道にのめり込むことを邪魔していた。

だが、母の言葉で、文太郎は吹っ切れたのだ。

「おとっつあんの遺志だからって気にすることはないんだよ。おまえにはおまえの生き方があるんだから」

叔父さんが言うように、俺が『山形屋』を継いでもうまくいくはずはない。それより、叔父さんによって『山形屋』が続いていったほうが、おとっつあんもうれしいだろう。

なんてったって、叔父さんとおとっつあんは仲のよい兄弟なのだ、と文太郎は今ではそうしみじみ思うのだ。

「まあ、好きなときに来て、ここで絵を描け」

「はい。おっかさんを安心させてやります」

文太郎は辞儀をして立ち上がり、清州の家を出た。

今まで、叔父から暮らし向きのことなど何かと助けてもらっていたのは、自分が『山形屋』の人間だからだ。

だが、これからは叔父からの援助は断わるつもりだった。絵師として立つと決めたからには、退路を断つ覚悟で進まなければならない。

武家地を抜けて向柳原まで来たとき、ずっとつけてくる男がいるのに気づいた。それもふたりだ。たまたま、行き先がいっしょなだけか。

そのまま新シ橋のほうに向かいかけたとき、ふたりの男が急ぎ足になったのに気づいた。足音が背後に迫ったとき、辻番所の番人がこっちを見た。

ふたりの男が文太郎を追い越して新シ橋のほうに走って行った。ひとりの男の横顔を見た。険しい顔をしていた。

気のせいだったかと思いながら、神田佐久間町の長屋に戻った。

長屋木戸の前に駕籠があり、駕籠かきが煙草を吸っていた。長屋の誰かの客だろう。

文太郎は木戸を入り、自分の家の腰高障子を開けた。

上がり框に男が座っていた。文太郎の顔を見て、男が立ち上がった。羽織を着た恰幅のよい、四十絡みの男だ。

「あなたは……」

文太郎は声を上げた。

「美濃屋だ。ちょっと、近くまで来たので寄らせてもらった」

「はあ」

文太郎は頭を下げる。

「どうだね、少し外で話が出来るかね」

美濃屋がきく。

「文太郎。行っておいで」

おもんが声をかけた。

「はい」

文太郎は応じる。

「じゃあ、文太郎さんを少しお借りします」

美濃屋はおもんに言い、文太郎といっしょに外に出た。

長屋を出て、美濃屋は神田川の辺(ほとり)まで歩いた。

「さっき、おっかさんから聞いたが、『山形屋』には戻らないと決めたそうだね」

「はい。せっかく、叔父があそこまで大きくしたお店です。叔父が続けるのが一番いいのです。私が継いだって、うまくいきません」

「おとっつあんとの思い出がたくさん詰まっている家が恋しくないのかね」

「はい。でも、おとっつあんが亡くなったあと、叔父さんもたいへんな思いで『山形屋』を守ってきたんです。子どものときに移ってきた善吉にとっても、あの家に思い入れがあるでしょう。私が入れば、善吉が出て行かなければなりません。それも、可哀そうなことですから」

「では、お店を叔父さんに譲る代わりに、それなりのお金でももらうつもりかね」

「いえ。そんな気はありません」

「どうしてだ、おとっつあんの店が叔父さんにとられてしまうのだ。なにも見返りを求めないと言うのか」

「叔父さんは、今までもいろいろしてくれました。私たち母子がきょうまでやってこられたのも、叔父さんの援助があったからです。それだけで十分です」

「後悔はしないのか」

清州と同じようにきいた。

「はい。私は絵師になりたいと春川清州先生に師事しましたが、『山形屋』を継ぐ役目があるという思いがあって、修業にも覚悟が足りなかった。でも、これからは、真剣に絵師になるという決意を新たにしました」

「…………」

美濃屋が押し黙った。

「旦那は、なぜ私のことをそうまで気にかけてくださるんで」

文太郎はきいた。

「私は、おまえさんを見て恥ずかしくなった」

「えっ？　どういうことでございますか」

文太郎はきき返す。

「おまえさんのためを思ってではない。自分勝手なことで、おまえさんの気持ちを確かめたのだ」

「はあ、私には何のことかわかりませんが」

「いずれ、わかることだが」

美濃屋は顔をしかめながら、

「じつは、私の娘が善吉といい仲になった。だが、『山形屋』の内実を聞いて不安になった。善吉が『山形屋』の跡継ぎなら嫁に出すが、そうでないなら嫁に出すことは出来ない。そう思い、おまえさんに確かめたのだ。決して、おまえさんを気にかけてのことではない。あくまでも打算からだ」

「そうでございましたか。それはもっともなことでございます」

「もっとも？」

「はい。親ならば、そういう心配をするのは当然でございましょう。では、これで、お嬢さまと善吉の縁組は成り立つのですね」

「うむ」

「それはようございました」

「他人の仕合わせを素直に喜べるのか」

「善吉は従兄弟ですから」

「おまえさんという男は……」

美濃屋が目を細め、

「絵師になるといったな。どんな絵を描こうとしているのか。美人画か」

「いえ、それだけではありません。さっき、清州先生からも言われたのですが、浮世の美しい世界を描いてみようと」

「美しい世界か。なるほど。おまえさんなら描けるだろう」

「私は肉筆画です」

「よし、絵に自信が出来たら、私に見せなさい。私が買おう」

「ほんとうですか」

「ああ。だから、精進して、立派な絵師になるんだ」

「はい」

美濃屋が手を上げると、駕籠が近づいてきた。

「邪魔したな。おっかさんによろしくな」

美濃屋はそう言い、駕籠に乗り込んだ。

文太郎は駕籠に向かって深々と頭を下げた。

善次郎は約束の刻限に遅れている美濃屋をいまかいまかと待っていた。

美濃屋にはっきり言ってやるつもりだった。『山形屋』は私のものであり、私がここまで大きくしたのだと。

　おひさがやって来た。

「美濃屋さんが参りました。今、客間にお通ししました」

「わかった」

　まるで、戦場に赴く武士のような覚悟で、善次郎は客間に向かった。

　障子を開けると、美濃屋は端然と座っていた。

「遅くなり、申し訳ございません」

　目の前に座ると、美濃屋が頭を下げた。

「いや。こちらこそ、お呼び立てをして申し訳ありませんでした」

　善次郎も返す。

「娘千代が善吉さんにはお世話になり……」

「美濃屋さん。その前に、私からお話ししておきたいことがございます」

「はい」

「いろいろご心配をしていただいていたようですが、この店はいずれ善吉が継ぐことになります。兄の子文太郎はこの店とは何ら関わりはありません」

　善次郎は意気込んで言った。

「はい。文太郎さんからお聞きしました」

「…………」

「じつは、ここに来る前に、文太郎さんのところに寄ってきました。文太郎さんから、そのことはお聞きしました」

「……そのこと？」

善次郎は耳を疑った。

「はい。文太郎さんは、これから絵師として身を立てて行くことを決心されたようですな。したがって、『山形屋』とは一切関わらないと」

「美濃屋さん、それはほんとうですか」

善次郎はあわてて確かめる。

「はい。叔父さんがあそこまで大きくした『山形屋』は叔父さんのものだと言ってました。自分が継いだらきっとうまくいかなくなる。それより、叔父さんに『山形屋』を守っていってもらったほうがおとっつあんも喜ぶと言ってました」

「文太郎が……」

善次郎は目の前が真っ白になった。

急に遠い昔のことが蘇る。文太郎が生まれたときのことだ。善次郎の部屋に飛び込んできて、「生まれたぜ。俺の子だ」と顔をしわくしゃにしてはしゃいでいた。兄貴、そんなにうれしいものか。そうだ、こんなにうれしいものはない。おまえも早く嫁さんをもらえ。兄貴は文太郎をとにかく可愛がった。

死ぬ間際まで、文太郎のことを気にかけていた。

「俺はまだ死にたかねえ。せめて、文太郎が二十歳になるまで生きていてえ」

見舞いに行くたびに、兄貴は泣いていた。

「文太郎が二十歳になるまで、『山形屋』を守ってくれ」

そう言い残した兄貴の無念さが胸を切なくする。

「山形屋さん。どうしましたか」

美濃屋が不審そうな顔をした。

「いえ、なんでも」

あわてて、善次郎は答えた。

その後、善吉とお千代とのことなどを話し合ったような気がするが、善次郎はまったく覚えていない。

美濃屋が引き上げたあと、善次郎は考える力が麻痺（まひ）してしまったように頭の中が真っ白のままだった。

ときおり、波が打ち寄せるようにおぼろげな考えが形を成そうとするが、波が引くように消えてしまう。

そんなことを繰り返していて、いつの間にか部屋の中が翳ってきた。陽が傾きだしたのか。

その間、おひさも善吉もやって来たが、なんと答えたか、いや答えたのかさえもわからなかった。

漂流物が波間に浮かんでは沈むように何かを思いだしかけては消えていく。それが大事なものだとはわかる。だが、その大事なものが何かわからない。

そのもどかしさに、善次郎はときおり頭を抱え、唸り声を発した。だが、だんだん波間に浮き沈みしていたものがひょっこり浮上したように、すべてを思いだした。

善次郎はそのとたん卒倒しそうになった。泳ぐように部屋を飛び出し、女中に駕籠を呼ぶように命じた。

駕籠に揺られながら、善次郎は焦った。早まったことをしでかしたと、胸をかきむしりたくなる。

「駕籠屋さん、酒手を弾むからもっと急いでおくれ」

「へい」

先棒の男が返事をしたと同時に、駕籠が一段と速くなった。なんとしてでも、島造に頼んだことを引っ込めなければならない。

まさか、文太郎があんなことを言うとは……。俺って奴はなんてばかなんだと悔やんだ。

駕籠を北馬道町の島造の隠れ家の前まで走らせ、家の前に着くと、酒手を弾んで駕籠をおり、格子戸を開けた。

「島造さん、いるか。島造さん」

土間に入り、上がり框に上がらんばかりになって、奥に向かって大声をだした。

奥から、先日の女が出て来た。

「島造さんを呼んで……」

善次郎は焦っているので呂律（ろれつ）がうまくまわらない。

「島造さんなら出て行きましたよ」

「出て行った？」

「ええ。旦那が帰ったあと、ここにいたんじゃ危ないって言って」

「どこに行ったんだ？」

「たぶん、江戸を離れるつもりじゃないかしら」

「おまえさんと島造さんは？」

「変な仲じゃありませんよ。ただ昔の誼で居候させてあげただけですから」

女が嘘をついているようには思えなかった。

「そうか。島造さんは江戸を離れるか」

三十両を騙しとられてもいい。約束をすっぽかして江戸を離れてくれたほうが……。

「でも、すぐには出立しないと思うわ。旦那に頼まれた仕事を果たしてから江戸を離れるようなことを言っていたわ」

「頼まれた仕事を果たすと言っていたのか」

悲鳴のような声になっていた。

「ええ。金をもらった以上、やるしかないと」

「ばかな」

善次郎は体が小刻みに震えた。

「島造さんの居場所の手掛かりはないか」

「いえ、わかりません」

女は首を横に振った。

「もし、島造さんと会ったら仕事は中止だと言ってくれ。金はいいから、中止だと」

「会うことはないけど」

善次郎は力なく外に出た。屋根と屋根の間から西陽が射していた。どうしたらいいのだ。善次郎は為す術もなく茫然と歩いていた。

二

剣一郎は何度も京之進とともに、伊之助が関わった女たちをひとりひとり調べ、そして考えたが、伊之助に殺したいほど恨みを持つ人間は多吉かおゆう以外には見つからなかった。

剣一郎は三十間堀町にある長屋に多吉を訪ねた。

多吉は相変わらず酒びたりの暮らしだった。このままでは、いつか体を壊してしまうと、大家も危惧していた。

「多吉。まだ、苦しいのか」

剣一郎は徳利を抱えている多吉にきく。

「生きている限り、苦しみは消えません」

「ほんとうは、おゆうがいなくて寂しいのではないか」

「…………」

多吉は茶碗の酒をいっきに喉に流し込んだ。

「多吉。憎い伊之助は死んだんだ。それでも、おゆうを許せないのか」

「許せるわけはありませんぜ。あいつは俺を捨てて出ていったんだ。伊之助と乳繰り合っている間、俺がどんな思いでいたか……」

「おゆうも苦しんでいる。おゆうを苦しみから救ってやれるのはそなただけだ」

「青柳さま。この前も言いましたぜ。俺はもう死んだんです。死んだ人間は何も出来ませんよ」

「生きているから苦しいのだ。苦しんでいるのは生きているからだ。生きていれば、苦しみを消そうとすることが出来る」

「…………」

「そなた、おゆうから十両を渡されたそうだな。おゆうが苦界に身を売って得た金だ。大家が預かっているそうだが、なぜ、その金を使わない？」

「あんな女の金なんて使えるものか」

「なぜだ？　おゆうがそなたに立ち直ってもらうために自らを犠牲にして手に入れた金だ」

「使えねえ」

「まだ、おゆうのことを思っているからだ。自分に素直になれ」

「………」

「なぜ、おゆうと別れた？」

「俺たちはもう終わっていたんですよ」

「どっちが先に別れようと言ったのだ？」

「おゆうです」

「素直に聞き入れたのか」

「もうどうしようもありませんから」

「多吉。ひとつききたい」

剣一郎は口調を変えた。

「伊之助を殺したものに心当たりはあるか」

「ありません」

「伊之助は確かに女たらしだ。だが、伊之助を殺したいほど恨みに思うような人間は見つからない。伊之助を殺したいほど憎んでいるのは、そなたかおゆう以外にいない」

「俺は……」

多吉は言いよどんでから、

「伊之助よりおゆうのほうが憎い。伊之助がどんなにちょっかいを出そうが、おゆうがしっかりしていたら誘惑を撥ねつけられたんだ。その気になったおゆうが憎い。この手で、おゆうを殺し、俺も死んでしまいたかった」

多吉は激しい口調で言った。

「おゆうを殺し、自分も死ぬ?」

その言葉が引っかかった。だが、何が気になったのか、剣一郎はまだわからなかった。

「伊之助を殺したいと思ったことはないのか」

「ありませんぜ。悪いのは、おゆうのほうですからね」

多吉はやりきれないように首を横に振った。

剣一郎はこのとき、伊之助を殺すように島造に依頼をしたのは多吉でないと確信した。では、おゆうか。

しかし、おゆうには三十両の金は用意出来ないはずだ。客の中で、金をおゆうのために用立てた人間がいるとは思えない。

多吉とおゆう以外に、伊之助を恨んでいる人間がいたのだろうか。

長屋を出たとき、柴田欣三が手札を与えている岡っ引きが走ってきて、

「青柳さま。うちの旦那が探しておりました」

「わしの行き先を走り回ったのか。ごくろうだ」

「いえ。女の引っ越し先がわかりました」

「案内してもらおうか」

「はい。小舟町(こぶなちょう)でございます」

剣一郎は岡っ引きといっしょに小舟町に急いだ。

伊勢町堀に面した小舟町一丁目の自身番に柴田欣三が待っていた。

「御足労いただいて申し訳ございません」

欣三が迎え出た。

「女の引っ越し先がわかったそうだな」

「はい。おすなは、深川仲町(なかちょう)にある『ひら岡(おか)』という料理屋で客の接待をしていました。その朋輩を当たっていて、わかりました」

欣三は先に立って言う。

二丁目に近い筋にやって来て、欣三は足を止めた。

「あの黒板塀の二階家です」

「瀟洒(しょうしゃ)な家だ。安くはないな」

剣一郎は囲っている侍はかなり裕福だと思った。

「船宿の女将の話では、侍は山田(やまだ)と名乗っていたそうです。朋輩も、おすなに旦那は山田というお侍だと言ってました。ですが、偽名のような気がします」

「だろうな」

「おすなを問い詰めたほうがいいでしょうか」

「いや。おすな自身にも偽りを告げているかもしれぬ。侍がやってくるのを見張り、その顔を見るのだ。勘定奉行配下の役人ということが十分に考えられる。それから」

と、剣一郎は続ける。

「『ひら岡』で、おすながどのような客の接待をしていたかを調べるのだ。やはり、深川だとすると、木場の人間が『ひら岡』で役人を接待していたのであろうと思える」

「わかりました」

「では、頼んだ」

あとを任せ、剣一郎は南伝馬町に足を向けた。

一刻（二時間）後、剣一郎は深川佃町の『扇家』で、おゆうと差し向かいになっていた。この前の塗りの剝げた鏡台のある部屋だ。

「たびたび訪ね、迷惑だと思うが許せ」

「いえ」

おゆうは俯いて言う。

「多吉は相変わらずだ」

「そうですか」

おゆうはため息をついた。

「なぜ、そなたは多吉と離縁した？」

「それは多吉さんが私を許してくれないからです」

「離縁はどっちから言い出したのだ？」

「どちらからともなく……」

「多吉はそなたからだと言っていた」

「いえ。そうじゃありません」

「そなたからではないのか」

「そんなこと、どちらでもよいことではありませんか」

おゆうは気だるそうに言う。

「違う。いや、大きな違いだ」

「…………」

「多吉はそなたを殺し、自分も死にたかったと言っていた。おそらく、多吉の本音だろう。そなたは、そのことを感じ取ったから別れたのではないか」

「…………」

「どうなんだ？」

「はい。やり直せると思って帰った私がばかでした。このままでは多吉さんに殺される。だから、逃げ出したんです」

「その果てが、苦界か」

「…………」

「おゆう。そなたは自分が殺されるものなら殺されても構わないと思っていたのではないか。だが、そうなると、多吉が罪人になる。多吉をひと殺しにさせないために、そなたは多吉から逃げたんだ。命が惜しいからではない。どうだ？」

剣一郎は痛ましげに続ける。

「そなたが苦界に身を投じたのは、多吉にいくらかの金を残してやるためだ。傷はいつか癒える。立ち直るまでの間、仕事をしなくても多吉が食いつないでいけるようにするために金をこしらえたのだ」

「…………」

「多吉はそなたに裏切られた怒りより、そなたを失った悲しみのほうが深いようだ」

おゆうが泣きそうな目を伏せた。

「そなたの第一の願いは多吉の立ち直りなのだな」

「はい。私はあのひとにこのままだめになってもらいたくないのです。せっかく、いい腕を持っているんです。きっと、棟梁と呼ばれるまでに……」

おゆうは多吉の再起ばかりを願っていた。そのことの障害になるものは、排除しようとした。そのおゆうの考えからすれば、伊之助殺しはおゆうの依頼と考えられる。

伊之助が生きていては多吉の心は穏やかではいられない。そう思い、島造に伊之助殺しを頼んだ。

状況からして、その考えが一番納得がいく。もはや、おゆう以外に、伊之助を殺したいほど恨んでいる人間はいない。

だが、三十両の金をおゆうが用立てることは出来ない。このような安女郎屋に遊びにくる客に、三十両もの金を出せる男はいまい。

いや、もしおゆうが三十両の金を持っていたとしたら……。

「おゆう。伊之助を殺した人間に心当たりはないか」

「いえ」

おゆうは首を横に振った。

「そなたに三十両の金を恵んでくれる人間はいなかったか」

「そんな奇特なひとがいたらお目にかかりたいものです」

そのとき、剣一郎の頭の中で火花が散ったようにある考えが弾け、思わずはっとした。

「おゆう。島造という男を知っているか」

「いえ、知りません」

「では、島造と兄弟分の男は？　島造は何者かから三十両で伊之助殺しを請け負った。島造には仲間がいたのだ」

「知りません」

おゆうはもう一度言う。

「おゆう。ここに伊之助の父親伊右衛門が来なかったか」

「………」

おゆうは目を閉じた。

「どうなのだ？」

「そなたが答えなければ、見世のものに訊ねる。どうだ？」

「来ました」

目を開け、おゆうは答えた。

「なにをしに来たのだ？」

「伊之助さんのことを詫びに来ただけです。それだけ」

「金を出してくれたのではないか」

「いえ」

おゆうの声に力はなかった。

「おゆう、ほんとうのことを言うのだ。伊右衛門が三十両を出したのではないのか」

「どうして、自分の伜を殺すためにお金を出す親がいましょう」

「伊右衛門はどのような使われ方をするか知らなかったのだ」

伊右衛門は何かを隠しているようだった。このことではないか。

「おゆう。また、来る。それまでによく考えておくことだ」

剣一郎は立ち上がった。

階下に行き、女将に金子屋伊右衛門のことを訊ねると、おゆうに会いに二度来たと答えた。

剣一郎は伊之助殺しの真相がわかったという高揚感はなかった。それでも、確かめておくべきことはなさねばならなかった。

剣一郎が南伝馬町の『金子屋』にやって来たとき、暖簾は片付けられ、大戸が閉められるところだった。

剣一郎は家人用の出入口に向かい、訪問を告げた。

それから、剣一郎は客間で伊右衛門と会った。

「はっきり、きこう。そなたは伊之助殺しを依頼した人間に心当たりがあるのではないか」

「とんでもない。私にはわかりません」

「なぜ、庇う？」

「えっ」

「自分の伜を殺した相手を、なぜ庇うのだ？」

「庇ってはおりません」

「そうか。では、別のきき方をしよう。そなたは、深川佃町の『扇家』に、おゆうを訪ねたそうだな。それも二度」

「…………」

伊右衛門は口を半開きにした。

「隠しても無駄だ。『扇家』の女将も認めた」

伊右衛門は大きくため息をついた。

「なにしに行ったのだ？」

「うちに怒鳴り込んできた多吉のかみさんが夫婦別れの末に苦界に身を沈めたと聞き、いても立ってもいられない気持ちになりました。せめて、伊之助に代わって詫びが言いたいと」

「それだけか」

「はい。それだけでございます」

「罪滅ぼしに、請け出してやろうとしたのではないか」

「いえ。違います」

「おゆうに請け出すためにいくら必要かときき、三十両と言われた。それで、三十両を持って行った。まさか、それが伊之助殺しに使われるとは知らずに……」

「いえ、私はお金を出していません」

伊右衛門は言い切った。

「なぜだ。自分の息子が殺されたのに、殺しを依頼した者を守るのか」

「伊之助はたくさんのひとを傷つけました。誰が伊之助を殺したのかわかりませんが、私はそのひとを恨もうとは思いません。自業自得です。それに、伊之助をあのような人間に育てたのは私の責任です。出来ることなら、私がこの手で始末をすべきだったのです」

伊右衛門は胸をかきむしるように言う。

「そうか」

剣一郎は伊右衛門から真相を聞き出すことは無理だと思った。

「ただ、これだけは覚えておくのだ。実際に手を下した島造なる男が捕まったら、男の口から依頼人の名が出るだろうことを。邪魔した」

剣一郎は立ち上がった。

暗くなって人通りもまばらになった道を剣一郎は八丁堀に急いだ。伊之助殺しの真相を摑んだものの、どこにも証がなく、このままではこれ以上の追及が出来ないことを悟らねばならなかった。

だが、金をもらって実際に手を下した島造とその仲間を捕まえれば、依頼人の名が明るみに出る。

剣一郎が八丁堀の屋敷に帰ると、柴田欣三の手先の岡っ引きが庭先で待っていた。

「申し訳ございません。待たせてもらいました」

「何かあったのか」

「はい。今夜、さっそく山田と名乗った侍がおすなのところに現われました。今、旦那が見張っています」

「よし。行こう」

剣一郎は帰宅早々、またも出かけることになった。

三

小舟町にある黒板塀の二階家を見通せる場所に、柴田欣三が待っていた。

「来てから一刻経ちますが、まだ出てくる気配はありません。まさか、こんなに早く、現われるとは思いもしませんでした」

欣三が言う。

「駕籠で来たのか」

「はい。駕籠です。で、引き上げる駕籠かきにきいたのですが、須田町の駕籠屋から乗っているのです。駕籠かきは、駕籠を乗り換えているようだと言ってまし井村徹太郎殺しのあと、あわてて女を引っ越しさせた。それから二カ月経ったが、まだ油断はしていないようだ。

「用心深いな。で、顔はわからないのだな」

「はい。やはり、頭巾で顔を隠していました」

「なんとか顔を見たいものだ」

剣一郎は格子戸のほうに目をやりながら言う。

「勘定奉行の配下の者では顔もわかりません。間近で見て、顔を覚えればあとで誰だか調べることは出来るのですが、外に出るときは必ず頭巾をかぶっていますから顔が見られません」

欣三は困ったように言い、

「引き上げるあとをつけて身許を確かめるしかありませんね」

「思い切って、無茶をしてみちゃだめですかえ」

岡っ引きが口をはさんだ。

「無茶とは？」

剣一郎がきく。

「へえ。怪しい人間が逃げ込んだと嘘を言い、家の中に入るんです」

「しかし、肝心の侍は奥に引っ込んで出てこないかもしれぬぞ」

欣三が首を傾げた。

「そうですね」

「いや、それも手かもしれぬな」

剣一郎が反対しなかったのを、欣三が不思議そうに見た。

「本人を確認することは重大なことだ。それによって探索が大きく進む。それに、向こうには我らの無礼を表立って咎めることは出来まい」

剣一郎はそう言ってから、

「ただし、堂々と乗り込もう」

と、言う。

「堂々と」

「そうだ。姑息な手段を使わず、正面から訪れ、侍の名をきこう」

岡っ引きの言葉が迷っていた剣一郎の気持ちに踏ん切りをつけさせた。

「わかりました」

「わしが正面から訪れる。そなたは裏口を見張るのだ。おそらく、侍は裏口から逃げるはずだ」

「はい」

欣三と岡っ引きが裏口に向かったのを確かめてから、剣一郎はおすなの家に向かった。

格子戸は心張り棒がかってあるようだ。戸を叩き、剣一郎は大声を出した。

「ごめん。南町の者だ。開けてもらいたい」

剣一郎は間を置き、もう一度声をかけた。

やがて、中から物音がし、格子戸が開かれた。
二十五、六歳の面長の目鼻立ちの整った女が脅えたように顔を出した。
「何か」

「おすなか」

「は、はい」

「じつは、こちらにおられるお方にお訊ねしたいことがあって参った。すまぬが、呼んでもらえぬか」

「なんのことでしょうか」

「さっきやって来た頭巾の武士にお会いしたい。わしが探しているお方かもしれぬのだ」

「そのようなひととは……」

「とぼけても無駄だ。それとも、隠し立てしたい何かがあるのか」

「いえ」

おすなはあわてた。

「お待ちください」

裏口から欣三の声がした。

剣一郎はいったん外に出て裏にまわった。

頭巾の侍の前に欣三が立ちふさがっていた。

「無礼であろう」

侍が怒鳴った。

剣一郎は駆けつけ、岡っ引きに、

「おすなを頼む」

と言ってから、頭巾の侍に向かった。

「ご無礼の段、幾重にもお詫びいたします。私は南町奉行所与力青柳剣一郎と申します。どうぞ、ご姓名の儀、お教え願えませんでしょうか」

「名乗る筋合いはない」

「では、頭巾を外していただけませぬか」

「断わる。わしはここには私事で来ているのだ。町方にとやかく言われる筋合いはない」

「どうあってもでございましょうか」

「これ以上、無理難題を押し通すならば、奉行所に抗議をする」

「どうぞ」

「なに？」

「さすれば、あなたさまがどこのどなたかわかりますゆえ」

「きさま」

頭巾の下の顔が紅潮したようだ。

「おすなどのとはどのような間柄でございましょうか」

「知り合いの娘だ。病気がちなので見舞いに寄っただけだ。さあ、退け」

「お引き上げになられたら、おすなどのにいろいろ訊ねることになりますが、よろしいのですか」

「構わぬ。退け」

「青柳さま」

欣三は目顔で何かを訴えた。どうやら、欣三は武士の正体に気づいたようだ。

「わかりました。ご無礼仕りました」

剣一郎は前を開けた。

憤然と頭巾の侍は表通りに出て行った。

「青柳さま。あの侍は勘定吟味役の桐山俊太郎さまです」

「勘定吟味役？　井村徹太郎の上役か」

「はい。目許の黒子、声。体つき。桐山さまに間違いありません。井村どのの件で、何度かお会いしております」

「よし。おすなに訊ねよう」

剣一郎と欣三は表にまわった。

おすなは岡っ引きに見張られておとなしく座っていた。が、剣一郎の顔を見るなり、食ってかかってきた。

「なんで、私がこんな目に遭わなければならないのですか」

おすなは青ざめた顔で訴える。

「少し訊ねたいことがあるのだ。素直に答えてくれればよいだけだ。もし、今夜は困るというなら、明日自身番に来てもらってもいい」

「いえ、今で結構です」

おすなは不貞腐れたように答える。

「よし。では、ここにいた侍とはどういう間柄だ？」

「別に、なんでもありません」

「しかし、夜訪れ、一刻以上ふたりだけで過ごしている。それで、なんでもないというのはどういうことだ？」

「…………」

「それにしても、そなたひとり残して帰ってしまった。自分の体面を守りたかったのであろうな」

「もう帰るところでした」

「侍の名は？」

「…………」

「知らないのか。知らなければ教えてやろう。勘定吟味役の桐山俊太郎さまだ」

欣三が口をはさんだ。おすなが顔を歪めた。

「桐山さまとは長いのか」

「……………」

「だんまりか。おまえは二カ月前まで、入船町に住んでいたな。そこに、桐山さまが忍んできていた」

欣三が攻める。

「なぜ、ここに引っ越してきたのだ？」

「私はわかりません」

「桐山さまに言われたのか」

「いったい、どういうわけなんですか。なぜ、こんな夜に押しかけて根掘り葉掘りきくんですか」

「二カ月前、桐山さま配下の井村徹太郎が何者かに殺された。その直後、そなたは入船町からここに引っ越してきた」

「そんなこと知りません」

「井村徹太郎どのに会ったことはないか」

「ありません」

おすなは強張った表情で否定する。

「ここの暮らしは誰がみている？　桐山さまから手当てが出ているのか」

剣一郎はきいた。だが、返事はない。

「どうやら言えないようだな。おすな、このままでは、そなたへの疑いがますます強くなる。このまま我らが引き上げたあと、何者かと対応を打ち合わせるという疑いも我らとしては考えざるをえない。すまないが、自身番か大番屋に来てもらおうか」

「そんな」

「さあ、支度するのだ。心配いたすな。我らとて、そなたが殺しに関わっているとは思ってない。だが、下手人をかばい立てするのは、殺しに加担したも同じ」

「私は何も知りません」

「そなたの暮らしのたつきは誰が立てているのだ？　桐山さまか。桐山さまから手当てをもらっているのか」

「…………」

「そのことも知らずに暮らしていたというわけではあるまいな」

「桐山さまからはいただいてません」

おすなは顔を上げて言う。

「誰からだ？」

「言わなくてはいけませんか」

「疚しいことがなければ教えてもらいたい」

「木場の『吉野屋』の旦那の卯之助さんです」

『吉野屋』は最近、勢力を伸ばしてきた新興の材木商だ。

「そなたと吉野屋はどのような関係だ？」

「私が仲町の『ひら岡』という料理屋で女中をしているときから可愛がっていただきました」

「そのとき、吉野屋も桐山さまも同席していたのだな」

「はい」

おすなは観念したように言う。

「桐山さまとはどういうきっかけだったのだ？」

「吉野屋さんから、桐山さまがおまえを気に入っている、世話を受けろと言われたのです。私は気がすすまなかったのですが、病気のおっかさんの薬代も養生のお金も払ってやると言われ……」

「それで入船町に家を用意してもらったのか」

「はい」

「いつからだ？」

「三年前からです」

「母親はいっしょか」

「いえ、弟といっしょに暮らしています。弟は、吉野屋さんのお店で働かせてもらっています」

「なるほど。家族の面倒もみてもらったのか」

「はい」

おすなは俯いた。

「なぜ、入船町の家から引っ越した？」

「…………」

「おすな。そなたが喋ったからと言って、決して裏切ったことにはならない。それに、こうなったからには、そなたには可哀そうだが、桐山さまはもうここには来られまい。それどころか、いずれ失脚するだろう」

「私はあの御方を好いていたわけではありませんから、別れることになってもなんともおもいません。いえ、ずっとそれを望んでいたのです」

「そうか。では、入船町の家から引っ越したわけを話してもらいたい」

剣一郎は改めて促す。

「詳しい事情は知らないんです。二カ月前のある日、『吉野屋』の旦那がやって来て、桐山さまの都合で引っ越さねばならないと言って」

「井村徹太郎という侍に会ったことはあるか」

「あります」

「ある？」

「はい。家にやって来て、青柳さまがお訊ねなさったのと同じようなことをきいてました」

「ちゃんと話したのか」

「いえ。桐山さまとのことを他の誰かからきかれても、何も答えるなと言われていましたから」

「井村どのは納得したか」

「いえ。私が否定すればするほど疑いを深めていったような気がします」

「井村どのが殺されたことを知っていたか」

「はい」

「どうして知ったんだ？」

「桐山さまからです。やくざ者と喧嘩をして殺されたと」

「そうか。よく話してくれた。今後、桐山さまや吉野屋にも大きな変化があり、そなたにも影響が及ぼう」

「はい。わかりました。でも、これで清々しました。また、『ひら岡』で働かせてもらいます」

「それがよかろう。邪魔した」

剣一郎はおすなの家を辞去した。

外に出てから、

「まさか、桐山さまが不正に関わっていたとは……」

と、欣三が顔を強張らせた。

「不正を取り締まる人間が不正にどっぷりと浸かっていたのだ」

剣一郎は呆れたように言った。

おそらく、『吉野屋』は勘定奉行配下の勘定組頭と結託して土木工事などの不正を長年に亘(わた)って行なっていたのに違いない。

このような不正を監視するのが勘定吟味役だ。勘定奉行以下の仕事に口出しを出来る権限を与えられている。

その不正の監視役が不正をしている側から買収されてしまったのだ。

「もともと、桐山さまは勘定組頭から抜擢されて勘定吟味役になられたお方だと聞いています」

「そうか、その頃から業者との癒着があったのかもしれない。だとすると、そのような人間を勘定吟味役に抜擢した老中の責任は重い」

「井村どのは、上役の桐山さまに不審を抱き、ひそかに調べていたのでしょうか」

「そうであろう。上役への疑いゆえ、井村どのは誰にも言えずに悩んでいたに違いない。そのことに気づいた桐山俊太郎と『吉野屋』の卯之助が島造を使って井村どのを殺したのであろう」

これが真相に違いないと思ったが、桐山俊太郎あるいは卯之助が島造に伊之助殺しを依頼したという証はなにもなかった。

当然、卯之助を問い詰めても正直に答えるはずはない。それに、井村徹太郎が上役の不正を探っていたという証もないのだ。

ここでも大きな壁の存在に剣一郎は立往生するしかなかった。

翌日、出仕した剣一郎はさっそく宇野清左衛門とともに内与力の部屋に行き、長谷川四郎兵衛に会った。

「事件の真相がわかったというのはほんとうか」

疑い深そうな目で、四郎兵衛はきく。

「はい。ですが、まだ下手人は捕まえられず、証がないために背後の人間にも手出しが出来ない状況です。が、とりあえず、ここまでわかったことをお知らせし、その上で、お取り組みいただきたいことがあります」

剣一郎はつまらなそうな顔をしている四郎兵衛に言う。

「解決していないのであれば、たいそうな口をきくことはないと思うがな」

四郎兵衛は厭味を言ってから、

「まあ、わかったことだけでも聞かせていただこう」

と、促した。

清左衛門が何か言おうとしたが、剣一郎は目で制し、

「では、勘定吟味方改役井村徹太郎が殺された件についてですが、殺した人間は島造という男とその仲間のふたり。このふたりはある人物から殺しを依頼されたのです」

「誰だ、それは？」

「それは順を追って話さなければ、ご理解いただけないものと思いますので」

剣一郎は先を急ぐ四郎兵衛を押し止めてから、

「勘定吟味役の桐山俊太郎さまは長い間、勘定奉行配下の勘定組頭を務めて、一年前に勘定吟味役に抜擢されました。勘定吟味役は勘定組頭から清廉潔白な者が老中によって抜擢されると聞いております。ところが、この桐山さまは何年も前から妾を囲っており、それに掛かる金はすべて材木商の『吉野屋』から出ていることがわかりました」

「なに、勘定吟味役に妾だと」

「はい。井村徹太郎どのは上役の不正に気づき、その実態を調べているときに殺されたのです」

「………」

勘定吟味役の不正は、四郎兵衛には衝撃が強すぎたのか、しばし唖然としていた。

「井村どのは上役の不正であり、このことを誰にも告げておりません。また、上役の桐山さまも不正の調べはしていないとのことで、殺された理由も役儀からではないとされてきました。ところが、不正の張本人は桐山さまでした」

「間違いないのか」

四郎兵衛は形相鋭くきく。

「間違いないと思います。ただ、殺しを依頼した証はありません。これはこれからの探索にかかっておりますが、問題は不正の事実です。桐山さまに妾がおり、その妾が『吉野屋』との関わりを認めております」

剣一郎は一拍の間を置いて、

「桐山さまと妾の仲は三年に及ぶとのこと。つまり、勘定組頭時代から『吉野屋』と癒着があったことになります。そんな人間がどうして勘定吟味役に抜擢されたのか。勘定奉行がどこまで関わっているかわかりませんが、勘定組頭らをはじめとする勝手方の役人と土木関係業者との間に長年の癒着があったことは想像に難くありません。どうか、このことを調べるように、目付どのにご進言を願いたいとおもいます」

「もし、青柳どのの言うとおりなら大事だ」

四郎兵衛は気持ちを昂らせた。

「ご老中のどなたかがお奉行に調べるように催促したそうですが、その老中は何か疑惑を感じ取っていたのではありますまいか。それで、井村どののことを調べさせようとしたのではありますまいか」

「考えられる」

四郎兵衛は素直に頷いた。

「わかった。このこと、さっそくお奉行が下城しだい、お知らせ申し、勘定奉行配下のその不正に対処いたそう」

「はっ。お願いいたします」

四郎兵衛が出て行ってから、清左衛門が言う。

「青柳どの。よくやった。長谷川どのの鼻を明かしてやることが出来て小気味よい」

「なれど、島造と仲間をとらえない限り、まだ事件は解決したといえません」

いったいどこに潜伏しているのか、いまだに行方はわからない。

四

善次郎は元鳥越町にある春川清州の家に息せき切って駆け込んだ。

住み込みの婆さんに、

「文太郎は来ているか」

と、あえぐようにきく。

「はい。二階です」

婆さんは呑気な声で言う。善次郎は梯子段を駆け上がった。二階に行くと、部屋の両隅にそれぞれ壁に向かってある文机に清州と文太郎が座って絵筆を動かしていた。

「文太郎」

無事な姿を見て、善次郎は全身の力が抜けた。

「叔父さんじゃないですか。どうしたんですか」

善次郎は肩で息をしていた。

「いや。なんでもない」

そう言いながら、善次郎はしゃがみ込んだ。

明け方、いやな夢を見た。誰かが島造に刺された夢だ。顔は黒く塗りつぶされていたのでわからない。だが、文太郎のような気がした。

朝餉をとり、店に出て帳場に座っても胸が何かに押しつぶされそうな気がして息苦しさが消えなかった。

島造は三日のうちにやると言っていたのだ。その三日は過ぎている。居ても立ってもいられず夢中で店を飛び出し、まず佐久間町の文太郎の長屋に行き、それからここにやって来たのだ。

文太郎が文机のまえからこっちにやって来て、

「叔父さん。改めて挨拶に行こうと思っていたのですが、私は気持ちも新たに、清州先生のもとで絵師を目指すことにしました」

「美濃屋さんから聞いた」

「そうですか。すみません。『山形屋』のこともあったのに叔父さんに挨拶に行かないで。叔父さん」

文太郎は居住まいを正し、

「『山形屋』を今までどおり、叔父さんの手で守っていってください」

「文太郎。ほんとうに、それでいいのか。『山形屋』はおまえのおとっつあんのお店だ」

「いいえ、今の『山形屋』は叔父さんが作り上げたものです。おとっつあんの頃よりたいそう立派です。おとっつあんは叔父さんに『山形屋』を大きくしてもら

って きっと喜んでいます」

文太郎の言葉が拳のようにいちいち善次郎の胸を激しく打った。その痛みが己の中にある醜さを抉りだす。

俺は今になってわかる。兄貴から『山形屋』と文太郎を託された。もちろん、そのときは文太郎が二十歳になったら『山形屋』を返すつもりだった。いや、本心でそう思っていたかどうか、自信はない。二十歳までだいぶ先のことだと心の奥底で考えていたのではないか。

だから、だんだん『山形屋』が繁昌していくに従い、『山形屋』を文太郎に返すのがいやになってきたのだ。文太郎には二十歳になったら返すと言いながら、心の中では『山形屋』は俺のものだという思いが強くなっていたのだ。

按摩の徳市に図星を刺されたように、その思いが根っこにあって善次郎を苦しめていたのだ。

文太郎が二十歳に近づくにしたがい、善次郎はますますその暗い思いから遠ざかろうとするように他人の醜い考えや態度を責めたてた。

三十両の金の持主が十人以上もやって来て、自分のものだとさんざん能書きを垂れたあさましさに不快になったのも、自分の心の疚しさを封じ込めるためだ。

金子(きんす)を落としたと平然と言いにきた者たちより、はるかに自分の方が醜い。二十歳になった文太郎に商売を覚えてからだと諭(さと)したのも時間稼ぎだ。それから二年経った。当然、文太郎は『山形屋』を返せと迫るはずだと決めつけていた。

だが、文太郎は『山形屋』は叔父さんのものだと言った。そこには何の駆け引きもない。ただ、素直に思った通りのことを口にしている。

「叔父さん」

文太郎は呼びかける。

「叔父さんにはいろいろ世話になってありがたく思っているよ。きっと立派な絵師になって恩返しをするから」

「…………」

「それから、善吉の祝言が決まったら教えてくれ。おめでとうのひと言でもかけてやりたい」

「文太郎、おまえって奴は……」

兄貴もそうだった。決してひとの悪口を言ったり、妬(ねた)んだり、裏切ったりしなかった。おまえはおとっつあんにそっくりだ、と善次郎は言いたかった。

そんなおまえを俺は三十両で……。

「文太郎。町を歩いていて、変な奴につけられたことはないか」

「なんだい、叔父さん。いきなり」

文太郎は戸惑ったような顔をしてから、

「そういえば、この間、ここから家に帰る途中、ふたり連れの男がついてきたような気がしたけど。それが、どうかしたのか」

「そいつは……」

口にしようとして出来なかった。

「いや、なんでもない」

俺はなんて卑怯なんだと、自分を罵りたくなった。

そうだ。島造はこの近辺にいる。この家から出てくる文太郎をまたつけて、人気のないところで襲う。

「文太郎。急用を思いだした」

善次郎はいきなり立ち上がった。

「清州。文太郎を頼んだ」

「どうしたんでえ、あわてて」

清州の声を背中で聞いて階下におり、善次郎は外に飛び出た。

家の周辺を歩き回り、怪しい人間がいないか探る。それから、鳥越神社にも行き、境内を歩き回った。

だが、島造を見つけることは出来なかった。なおも、善次郎は狂ったように島造を探して歩き回った。

『山形屋』の妻女おひさは八丁堀の青柳剣一郎の屋敷を再び訪れ、妻女と会った。

「また、お邪魔して申し訳ございません」

おひさが頭を下げると、

「お金の件ではたいへんな騒ぎになったそうですね」

と、多恵はちゃんと覚えていてくれた。

「はい。まさか、あの三十両があんなことのために使われたと思うと胸が痛みます」

「ほんとうに、そうです」

多恵は美しい眉を寄せて頷いた。

「多恵さま。きいていただきたいことがあるのですが」

「なんでしょう。私でよろしければ、聞かせてくださいな」

「じつは、うちのひとのことで」

「善次郎さんですね」

「はい。善次郎の様子が最近、おかしいのです」

「おかしい？」

「はい。じつは『山形屋』はもともと善次郎の兄文治郎の店でした。文治郎は十年前に病死しましたが、死に際にお店を善次郎に託し、息子の文太郎が二十歳になったら店を継がせるという約束になっていました。ところが、文太郎が二十歳になっても、善次郎は店を渡さず、文太郎は二十二歳になり、いよいよお店を返さねばならない時期に来たのです。でも、善次郎は自分が大きくした店を渡したくないと言い、その悩みで少しいらだっておりました」

「難しい問題でございますね」

「はい。ところが、文太郎が『山形屋』は善次郎が大きくした店だから善次郎のものだと言い、自分は絵師の道を行く覚悟を固めたそうなのです」

「まあ、文太郎さんは素晴らしいお方のようですね。でも、よかったではありませんか」

「はい。うまく納まってめでたし、めでたしとなるはずでしたが、そのことがあってから、善次郎の様子がおかしくなったのです」

「おかしいとは？」

「はい。塞ぎ込むばかりで、夜も眠れぬようで、夜中に急に飛び起きたり……。まるで、何かにおののいているような感じなのです。それだけじゃありません。昼間もどこか焦ったように走り回っているのです」

「おひささん」

多恵が険しい顔になり、

「あなたは、何かを心配しているのですね」

と、心の中を覗き込むようにきいた。

「はい」

「まさか、善次郎さんが三十両を持ちだしたのでは？」

おひさは飛び上がらんばかりに驚いて、

「そうです。最近、三十両を持ちだしているんです。その三十両を、何に使ったのか。最近の様子からして心配で」

「たまたま、金額がいっしょなので、そう考えてしまったのでしょう。きっとあなたが心配することではないと思います。でも、気になるでしょうから、良人に話しておきます。いえ、心配はいりませんよ」

「多恵さま。ありがとうございます。よろしくお願いいたします」

おひさは深々と頭を下げた。


夕方、剣一郎が屋敷に帰ると、多恵が厳しい顔で話があると言った。

着替えを済まさぬうちに、多恵が切りだしたのは、また出かけることになるからだと、剣一郎はそう思い、話の重大さを悟った。

「昼間、『山形屋』の内儀のおひささんがやって来ました」

『山形屋』の後継問題が片づいたあとから、善次郎の様子がおかしくなったと話し、さらに多恵は奇妙なことを言った。

「善次郎さんは三十両を持ちだしているのです」

「三十両？」

剣一郎はとっさに伊之助殺しで島造に渡ったと思える三十両のことに思いを馳せた。

「考えすぎかもしれません。でも、万が一ということもございます」

多恵は真剣な眼差しで、

「善次郎さんは、今は後悔しているのかもしれません。昼間は焦ったようにどこか走り回っているのは島造という男を探しているのかもしれません」

「確かに」

島造の居場所が突き止められない今となっては、もしその考えが正しければ、島造を捕まえる好機かもしれない。

「文太郎さんの住まいは神田佐久間町。昼間は元鳥越町の絵師春川清州さんの家で絵を描いているとのことです」

「よし、わかった」

黒の着流しで、剣一郎は再び出かけようとした。

「お待ちください」

多恵が呼び止めた。

「出来ることなら、善次郎さんに確かめることなく、ことを納めていただけたら」

多恵は、善次郎に殺しの罪を負わせたくないのだ。

「わかった。善次郎から話を聞く必要もあるまい」

剣一郎は多恵の意を汲んだ。

「京之進と柴田欣三の屋敷に使いを出し、元鳥越町の自身番に来るように告げてもらいたい」

「はい」

剣一郎は屋敷の門を出た。

もうじき暗くなる。文太郎もそろそろ春川清州の家から引き上げるころかもしれない。

八丁堀を出て、楓川にかかる海賊橋で、京之進と出会った。

「青柳さま」

「よいところで出会った。いっしょに来てくれ。わけは道々話す。向柳原を目指す」

元鳥越町から神田佐久間町に帰るには向柳原を通るのだ。

剣一郎がわけを話すと、

「島造にやっと出会えそうですね」

と、京之進は勇んで言う。

「賭(か)けだ。島造は金だけ受け取って、約束を違(たが)えるかもしれない。善次郎がすでに依頼を取り下げているかもしれない」

剣一郎は島造が三十両を持ったまま逃げてしまうことも考えられると思った。

行灯に明かりが灯った。もうこんな時間かと、文太郎は絵筆を置き、大きく伸びをした。偶然なことに、反対側にある文机の前の清州も声を上げて伸びをした。

「文太郎。どうだ、これから吉原(よしわら)にでも繰り出すか」

清州が豪気なことを言う。

「師匠。そんなお金あるんですか」

文太郎は笑いながら言う。

「版元に出させるさ」

清州はこともなげに言う。

「私はおっかさんが待っていますから」

「そうか」

「師匠、おひとりで行ってください」

「やめておこう」

清州は言い、

「文太郎。たまには羽目を外さなきゃいい絵は描けないぞ。美しい女を見なきゃ、美人画は描けない」

「師匠は、美しい女子をたくさん見ているでしょうに、どうして美人画はもう描かないんですか」

「俺は宗旨替えしたんだ。俺の心の醜さを描こうとな。美人画はおまえに任す」

「そんなもんでしょうか」

「そうだ。鈴木春信が描くところの笠森お仙のように見た目の美しさではなく、もっと内面から滲み出た美しい女を描けるはず」

「先生。それはあんまりにも買いかぶり過ぎです」

「まあ、そういうところが、おめえのいいところだ。だが、俺の目に狂いはねえ」

「じゃあ、これで失礼させていただきます。師匠、あまり呑みすぎないように」

「ああ」

文太郎は清州の家を出た。すっかり暗くなった道を、文太郎は急いだ。武家地に入ってから、誰かがつけてくるような気がした。文太郎は薄気味悪く、さらに足早になった。

五

剣一郎と京之進が新シ橋を渡り、向柳原に着いたときにちょうど暮六つ（午後六時）の鐘が鳴りはじめていた。

「まだか、すでに通ったか」

剣一郎は呟く。

「辻番所できいてきます」

京之進が前方にある辻番所に向かった。雲が切れ、月影が射し、微かに明るくなった。剣一郎は周囲を見回す。怪しい人影は見当たらない。

京之進が戻ってきた。

「文太郎らしき男は見かけていないそうです」

「まだか」

元鳥越町から佐久間町に向かうとしたら武家地を抜けてこの通りに出るはずだ。

「まさか、神田川のほうではないと思うが」

剣一郎は迷ったが、

「そなたはこっちから元鳥越町に向かえ。わしは神田川のほうから行く」

「わかりました」

京之進と別れ、剣一郎は新シ橋まで戻り、神田川に沿って左衛門河岸のほうに向かった。左衛門河岸に行くまでに元鳥越町方面への道がふたつある。

そのうちのひとつの道から男が駆けて来た。後ろからふたりの男が追うようについてきた。剣一郎は逃げてくる男のもとに走った。

「どうした?」

剣一郎は声をかけた。

「妙な男が私を……」

「文太郎だな」

「はい」

「あそこに辻番所がある。そこに行っていろ」

「はい」

追って来た男が立ちどまった。剣一郎はふたりの男のもとに向かう。男は素知らぬふりをして剣一郎の脇をすれ違おうとした。

「待て」

剣一郎は声をかけた。

「へい、なんですかえ」

剣一郎は近寄って相手の顔を見た。剣一郎はにやりとした。

「島造か」

「えっ」

男は後退(あとずさ)った。

「誰でえ」

「南町の者だ」

「げっ。兄貴、青痣与力だ」

横にいた男が悲鳴のような声を上げた。

「南町がなんでえ。俺たちは何もしてねえぞ。ただ、先を急いでいただけだ」

島造が口許を歪めた。

「島造。おまえに、井村徹太郎殺しと伊之助殺しの疑いがかかっている」

「冗談でしょう。あっしには何のことかさっぱりわかりませんぜ」

「言い訳は大番屋で聞こう」

「音松。逃げろ」

いきなり、ふたりは踵(きびす)を返し、今やって来た道を逆に走った。

剣一郎は追いかけた。

だが、ふたりは途中で立ちどまった。前方から京之進がやって来た。横に『山形屋』の善次郎がいた。

「島造。もう逃げられぬ」

剣一郎が迫ると、いきなり島造が匕首を抜いて飛び掛かってきた。剣一郎は体をかわし、島造の手首を摑んで投げ飛ばした。

「じたばたするな」

京之進は十手(じって)を起き上がろうとした島造の顔の前に突き出した。

音松は茫然としていた。

騒ぎを知り、文太郎がやってきた。

「叔父さん」

「おお、文太郎。無事でよかった」

善次郎が文太郎に駆け寄った。

「叔父さん。どうして、ここに？」

「すまねえ。文太郎。この通りだ」

善次郎が深々と体をふたつに折った。

「心配でおまえのあとをつけたんだ。そしたら、おまえは向柳原に向かわず神田川のほうに曲がった」

「待ち伏せているらしいふたりの影があったんだ。この前つけてきた男に似ていたので用心して曲がったんだ。叔父さん、このひとたちを知っているのか」

「じつは……」

「山形屋。話はあとだ。大番屋まで来てもらおう。文太郎は帰っていい」

剣一郎は割って入る。

「叔父さんは？」

「山形屋にはききたいことがあるんだ」

そこに、柴田欣三が手下といっしょに駆けつけてきた。

大番屋の土間に敷いた莚（むしろ）の上に、島造と音松が座った。

「島造、文太郎をつけていたのか」

「いや、俺たちが歩く先に、文太郎がいたんだ」

島造は不貞腐れて答える。

「島造さん。私はおまえさんに三十両と文太郎と書いた半紙を渡した」

善次郎が言うと、島造は冷笑を浮かべてから、

「山形屋さん。確かにおまえさんが北馬道町の俺が厄介になっていた家にやって来た。たぶん、俺のことを確かめにきたんだろうよ。ところが、おまえさんが帰ったあと、袱紗包みが置き忘れてあった。中をみたら、三十両と文太郎と書いた半紙が入っていた。この三十両は文太郎に渡すものを忘れていったんだと思ったぜ」

「違う。島造さんは請け負った」

「山形屋さん。俺にはおまえさんが何を言っているかさっぱりわからないぜ。俺は三十両をこのままねこばばしちまおうと思ったが、なんだか寝覚めが悪い。いまさら『山形屋』まで返しに行くのも行きづらい。それで、こっちが直接、文太郎に渡してやろうと追っていた。そういうわけだ」

「島造。罪を逃れようと言い訳をしているわけじゃあるまいな」

剣一郎は島造に声をかけた。

「青柳さま。あっしはこうなったら、なにもかもぶちまけます。一切隠し立てはしねえ。井村徹太郎殺しも伊之助殺しも、そうだ、もうひとりいた。春次って掏摸だ。この殺しも認めるつもりだ。これだけで立派な獄門だ。だから、今さら、山形屋さんのことで言い訳をしたって俺には何の得にもならねえ」

「島造。いい覚悟だ」

「へえ、青痣与力に捕まったなら本望でさ」

島造は微笑んでから、

「山形屋さん、俺はおまえさんが置き忘れた三十両を文太郎に返してやろうとしただけだ。つまんねえ妄想にとりつかれるのも疲れているからじゃねえのか。おまえさんは、文太郎をどうしろなど何も言っていなかった」

「山形屋。島造の言い分は信用出来る。島造の言うように、そなたは疲れているのだ。もうよい。早く帰って、内儀さんを安心させてやるのだ」

「えっ? ひょっとして、おひさが多恵さまのところに」

善次郎ははっとした。

「青柳さま。ありがとうございます」

「山形屋。礼は島造に言え」

「はい。島造さん、このとおりです。ありがとうございました」

「よしてくれ」

島造はあえてそっぽを向いた。

善次郎が引き上げたあと、剣一郎は改めて島造を問い質した。

「島造。井村徹太郎殺しから話してもらおう」

「へえ。あっしは材木商『吉野屋』の主人卯之助の弱みを握って強請ったんです。そしたら逆に、ひとをひとり殺してくれれば三十両出すと言われ、ついその気になってしまったんです。青柳さま」

島造は身を乗り出し、

「音松は俺の言うがままに従っただけで、俺ひとりで殺ったんです。だから、こいつには情状酌量を」

と、訴えた。

「兄貴、何を言うんだ」

「おめえは黙っていろ。獄門になるのは俺だけで十分だ。青柳さま、この男は入船町のおすなって家から帰ってきた井村徹太郎を閻魔堂橋のところに誘い出しただけです。あっしが不意を突いて匕首で突き刺したんです」

「井村徹太郎がどこの誰かは知っていたのか」

「へい。殺るに当たっては事情を知らなきゃ出来ませんので。桐山っていう上役の不正を嗅ぎつけたそうです。『吉野屋』の卯之助は勘定奉行勝手方の役人にずいぶん金を渡しているようでした」

「そうか。よく、話してくれた。次は伊之助殺しだ」

「へえ。音松が深川佃町の『扇家』って遊女屋に遊びに行きました。敵娼はおゆうという女で、顔に傷があったので、悪いと思ったがきいたそうです。あとは、音松が話したほうが」

「よし。音松、話してみろ」

「はい。おゆうに事情をきいたら、ぽつりぽつりと話してくれました。伊之助という男に弄ばれて捨てられ、夫婦別れをした上で、泥水稼業に入ったと涙ながらに話してくれました。あっしも同情して、伊之助をぶち殺してやりたいだろうって言うと、自分も悪いのだから恨みこそすれ、そこまで思わない。ただ、亭主の気持ちを思うと、いまだに立ち直れる気配がないのは伊之助が生きているからかもしれないと呟いたんです」

「そうか。伊之助が生きているから立ち直れないと思ったのか」

あくまでも多吉のために……。おゆうの心根がいじらしく哀れでならなかった。

「あっしは、つい冗談混じりに、三十両で殺しを請け負ってくれる人間を知っていると話したんです。おゆうはその話に飛びついてきて……」

音松は深呼吸をして、

「その次に『扇家』に行ったら、おゆうが三十両と半紙を出したんです。半紙には伊之助の名が書いてあり、あぶり出しの字には南伝馬町の『金子屋』と記されていました」

「なぜ、あぶり出しにしたのか」

「わかりません。おゆうがしたのです」

おゆうには躊躇(ためら)いがあったのかもしれない。あぶり出しで、住まいが浮かび上がらなければ、どこの伊之助かわからない。浮かび上がれば、伊之助の運命はそれまでだと考えたのかもしれない。

「おゆうはその三十両をどうやって工面したのか言っていたか」

「いえ、そこまでは言いませんでした」

『金子屋』の伊右衛門が出したのだ。伊右衛門は、足を洗わせたかったのだろう。だが、その金は、自分の息子を殺すために使われた。伊右衛門があまんじたのは、それほど伊之助の罪業（ざいごう）の深さに心を痛めていたからに違いない。

「あっしは次の日、島造兄貴と下谷広小路を歩いていて、袱紗包みを掏られたんです。すぐに気づいて掏摸のあとを追いました。顔は覚えていました。五条天神まで追いかけたのですが、見失ってしまいました。でも、あの界隈を縄張りとしている掏摸仲間を当たり、春次を見つけました」

「春次を殺ったのもあっしです」

島造が訴えるように言う。

「兄貴」

音松が泣きそうな声を出した。

「おめえは俺のぶんまで生きろ。たとえ、遠島になっても」

「島造に音松。よく素直に喋った。あとで、もう一度、それぞれ詳しいことを聞く」

「へい」

「その前に、ひとつききたい。なぜ、山形屋善次郎を助けた？　そなたが正直に話していたら、山形屋も罪は免れなかった」

島造は少し考えていたが、

「山形屋さんが文太郎の無事な姿を見て心底喜んでいた。文太郎も山形屋さんを本気でいたわっていた。あんな姿を見せられちゃ……。あっしはなんだかうらやましかった。それに、あんなに美しい光景を見たのははじめてでさ」

「美しい？」

「自分に正直に素直に喜びを表している。なんて、すがすがしいのだと思いました」

「そうか。島造。わしからも礼を言う」

「とんでもない」

「あとは頼んだ」

剣一郎は京之進と欣三にあとを任せ、大番屋を出た。

月は皓々と照っていた。

翌日、剣一郎は『金子屋』の客間にいた。伊右衛門は何かを察したかのように緊張した顔を向けている。

「伊之助を殺した男が捕まった」

剣一郎は切りだした。

「島造と音松という男だ。実際に手を下したのは島造だ。音松がおゆうから三十両を預かって依頼を受けた」

伊右衛門は深くため息をついた。

「おゆうに三十両を渡したのはそなただな」

「はい」

伊右衛門はやっと認めた。

「なぜ、おゆうをかばった？」

「伊之助にひどい目に遭わされ、夫婦別れをし、苦界に身を沈め、その上、殺しの罪まで押しつけるのは忍びがたかったのです。てっきり、三十両あれば、あそこから足を洗えると思ったのですが、おゆうさんはそれをせず、伊之助を殺すために使った。その心情が哀れでなりませんでした」

「そうか」

「おゆうさんはどうなりましょうか。まさか、死罪……」

「おゆうはそれを望んでいるかもしれぬ。だが、おゆうに情状酌量の余地は十分にある。殺された人間の父親であるそなたの訴えはお裁きに大きな影響を与えるかもしれない」

「きっと、おゆうさんのために」

伊右衛門は気持ちを昂らせて言った。

それから、半刻（一時間）後、剣一郎は多吉の長屋にやってきていた。

多吉は相変わらず、昼間から酒を呑んでいる。

剣一郎は上がり框に腰を下ろし、

「伊之助殺しを依頼した者がわかった。おゆうだ」

「………」

多吉は焦点の定まらぬ目を向けた。

「伊之助殺しを命じたのはおゆうだ」

剣一郎はもう一度言った。

多吉は弾かれたように体をぴくっとさせた。

「おゆうはそなたが立ち直ることだけを願っていた。だが、伊之助が生きていたのでは、そなたのわだかまりがとれない。そう思って、おゆうは伊之助殺しを依頼したのだ。そなたが、ぐだぐだと不貞腐れているからだ。そなたが、おゆうをひと殺しにさせたのだ」

剣一郎はあえて強く言った。

「今ごろ、おゆうは大番屋にしょっぴかれているだろう。きょう中にも、小伝馬町の牢屋敷に送られるだろう」

「おゆう……」

「おゆうは苦界から牢屋敷に身を移すことになる。ひとを殺した罪は重い。場合によっては死罪だ」

「死罪」

多吉の体がぶるぶる震えだした。

「よく考えろ。おゆうはそなたのためだと思って伊之助を殺したのだ。そなたが立ち直らなければ、おゆうのやったことはすべて無駄になるのだ」

「………」

多吉は畳に手をついた。

「多吉。おゆうを死罪から救うにはそなたの力が必要だ。吟味のときに、おゆうがなぜ伊之助を殺さねばならなかったかを訴えるのだ。だが、そなたがそんな体たらくで訴えても奉行所はとりあわない。真摯に立ち直ろうとし、まっとうな姿勢で訴えるのだ。さすれば、おかみにも情けはある。繰り返すが、おゆうを死罪から救えるのはそなただけだ」

「青柳さま。身に沁みてございます。きっと、おゆうを助けます」

多吉は泣きながら訴えた。


その夜、剣一郎の屋敷に、『山形屋』の善次郎が訪ねてきた。

剣一郎が客間に行くと、善次郎は深々と頭を下げた。

「青柳さま。このたびはなんとお礼を申し上げてよいか……」

「いや、わしに礼は無用だ。この前も話したように、島造のおかげだ」

「はい。島造さんがあのようなことを言ってくださるとは思いもしませんでした」

「そなたが文太郎の無事を喜ぶ姿に、島造も感じ入ることがあったそうだ。うらやましかったと言っていた。ふたりがお互いに思いやる姿が美しいとも」

「美しい……」

善次郎は呟いてから、顔を横に振り、

「私は消え入りたい思いでいっぱいです。ずるい人間ばかりで、心の醜い者ばかりだと嘆いておりました。でも、それは、自分の心に巣くっていた醜さを見ていたことに気づきました。私はなんとずるい人間であったか……」

「そこまで考え込むことはない」

「私は文太郎に教えられました。そして、島造さんにも」

「確かに、そうだ。私は島造の姿を美しいと思った。ひと殺しの島造があのとき、真人間になったような気がする。この世の美醜はすべて己の心からきているのかもしれぬな」

その後、『山形屋』や絵師としての文太郎のことなどが話題に出てから、善次郎が引き上げる時刻になった。

「おひさが、多恵さまにもくれぐれもよろしくとのことでした」

何度も礼を言い、善次郎が引き上げた。

「そなたもご苦労だった」

濡縁に出て、剣一郎は多恵に言う。

「いいえ、でもよございました。山形屋さんに間違いがなくて」

「そうそう。おひさが言っていたそうだ。文太郎に多恵さまを描いてもらいたいと。文太郎は美人画を描いていくそうだ」

「まあ。それは若い女子にお任せいたします」

「いや、そなたとてまだ若い。それに、そなたの美しさを描いてもらいたいそうだ」

「まあ、きれいなお月さま」

話題をそらすように、多恵は空を見上げた。

苦笑しながら、剣一郎は多恵と月を見比べていた。

美の翳

一〇〇字書評

切り取り線

購買動機（新聞、雑誌名を記入するか、あるいは○をつけてください）	
□（　　　　　　　　　　）	の広告を見て
□（　　　　　　　　　　）	の書評を見て
□ 知人のすすめで	□ タイトルに惹かれて
□ カバーが良かったから	□ 内容が面白そうだから
□ 好きな作家だから	□ 好きな分野の本だから

・最近、最も感銘を受けた作品名をお書き下さい

・あなたのお好きな作家名をお書き下さい

・その他、ご要望がありましたらお書き下さい

住所	〒				
氏名		職業		年齢	
Eメール	※携帯には配信できません	新刊情報等のメール配信を 希望する・しない			

この本の感想を、編集部までお寄せいただけたらありがたく存じます。今後の企画の参考にさせていただきます。Eメールでも結構です。

いただいた「一〇〇字書評」は、新聞・雑誌等に紹介させていただくことがあります。その場合はお礼として特製図書カードを差し上げます。

前ページの原稿用紙に書評をお書きの上、切り取り、左記までお送り下さい。宛先の住所は不要です。

なお、ご記入いただいたお名前、ご住所等は、書評紹介の事前了解、謝礼のお届けのためだけに利用し、そのほかの目的のために利用することはありません。

〒一〇一-八七〇一
祥伝社文庫編集長　坂口芳和
電話　〇三（三二六五）二〇八〇

祥伝社ホームページの「ブックレビュー」からも、書き込めます。
http://www.shodensha.co.jp/bookreview/

祥伝社文庫

美の翳（びのかげり） 風烈廻り与力・青柳剣一郎（ふうれつまわりよりき・あおやぎけんいちろう）

平成27年12月20日　初版第1刷発行

著　者　小杉健治（こすぎけんじ）
発行者　竹内和芳
発行所　祥伝社（しょうでんしゃ）
東京都千代田区神田神保町3-3
〒101-8701
電話　03（3265）2081（販売部）
電話　03（3265）2080（編集部）
電話　03（3265）3622（業務部）
http://www.shodensha.co.jp/

印刷所　堀内印刷
製本所　関川製本
カバーフォーマットデザイン　中原達治

Printed in Japan ©2015, Kenji Kosugi ISBN978-4-396-34168-8 C0193

祥伝社文庫の好評既刊

小杉健治　花さがし　風烈廻り与力・青柳剣一郎㉗

少女を庇い、記憶を失った男に迫る怪しき影。男が見つめていた藤の花に秘められた想いとは……剣一郎奔走す！

小杉健治　人待ち月　風烈廻り与力・青柳剣一郎㉘

二十六夜待ちに姿を消した姉を待ち続ける妹。家族の悲哀を背負い、行方を追う剣一郎が突き止めた真実とは⁉

小杉健治　まよい雪　風烈廻り与力・青柳剣一郎㉙

かけがえのない人への想いを胸に、佐渡から帰ってきた鉄次と弥八。大切な人を救うため、悪に染まろうとするが……。

小杉健治　真の雨（上）　風烈廻り与力・青柳剣一郎㉚

野望に燃える藩主と、度重なる借金に疲弊する藩士。どちらを守るべきか苦悩した家老の決意は――。

小杉健治　真の雨（下）　風烈廻り与力・青柳剣一郎㉛

完璧に思えた〝殺し〟の手口。その綻びを見つけた剣一郎は、利権に群れる巨悪の姿をあぶり出す！

小杉健治　善の焔　風烈廻り与力・青柳剣一郎㉜

付け火の狙いは何か！　牢屋敷近くで起きた連続放火。くすぶる謎を、風烈廻り与力の剣一郎が解き明かす！